U0096660

撤退到
台灣。

青青／著

這本書要特別獻給我的父母、家人以及故事裡的所有人物，感謝你們陪著我走過了我的大半生，指引我人生的方向；照亮了我的生命！

同時；也祝福我的家人、各位朋友們。

祝大家身體健康、平安喜樂、吉星高照、好運連連！

這本書是經由真實故事所改編！

目錄
contents

1

暴風雨前

　　西元1949年的前幾年爸爸和媽媽結了婚。他們結婚之後就跟著祖父母住在一起。1948年爸爸孫國強在貴州省的中國空軍服務；而媽媽李玉；大姊珍珠和二姊明跟著祖父母住在湖南、長沙，還有兩位幫手也住在祖父母的房子裡。他們的房子和土地比一般的家庭大了約有五十倍，那個時候中國還在國民黨的手裡。

　　祖父母是非常誠實和成功的生意人，他們在湖南省的首都長沙市經營百貨生意，住在一棟大房子四周有圍牆，那是一棟三進屋的建築物。

　　當客人來訪，第一道院子門打開時；那裡有一個大的、敞開的庭院。有節慶或特別節日的時候，祖父母會請人來搭戲檯子，檯子佈置的五光十色、色彩繽紛；並且請人來唱戲，一連唱個幾十天。同時也會邀請所有的親戚朋友過來一起慶祝節慶。天天高朋滿座，賓客來來往往、絡繹不絕！在庭院的周圍有一個大廚房、儲藏室和好幾個房間，其中有一間房當教室，讓所有孫家的孩子們都可以到這裡來上學。媽媽和姊姊他們常常喜歡坐在教室外面的走

廊聽老師講課，每次大約有二到三十個孫姓家族的小朋友來上課。在這教室附近還有一個花園，媽媽在家無聊時會請親戚朋友來家裡坐。到花園賞花、走走。廚房裡總是有取之不盡、用之不竭的食物放在那裡，他們從來不用擔心食物缺乏。

當第二道院子門打開後，是媽媽和兩位姊姊住的地方。那裡也有一個大院子，姊姊們常常可以在那邊玩捉迷藏。這第二道門是八角形拱門，是用大理石做成的，門檻也是用大理石做的，大約8到10英吋寬，孩子們在炎熱的夏天裡喜歡躺在這大理石做的門檻上，非常的涼快舒適。

這第三道院子門打開後就是祖父母所居住的地方。

如果媽媽或任何家裡的人需要新衣服，祖父母或媽媽會請裁縫師到家裡來量製、訂做衣服。如果家裡有人生病了他們也會請醫生到家裡來看診。

每當祖父母出門做生意之前，媽媽都會問他們晚上想要吃些什麼？然後媽媽會親手做晚飯。當祖父母出門做生意了而媽媽覺得在家裡太無聊時，她會帶著兩個姊姊走一段很長的路才走出祖父母的地，才走到一位鄰居家。

媽媽喜歡拜訪一位鄰居女孩，她的年齡跟媽媽相近。他們總有談不完的話，有時候他們一起學習唱歌。媽媽很愛唱歌。

　　有的時候媽媽覺得有些懶了，她不想走過院子又再繞一大段路才到鄰居家拜訪，在媽媽和兩個姊姊住的後院有一個小土坡，有時候媽媽帶著姊姊們走到小土坡的最上端越過圍牆，那位鄰居女孩已經在牆外放好了梯子迎接媽媽他們，那是到鄰居女孩家的一個捷徑。在做這事情之前，媽媽和鄰居女孩確定沒有人從旁邊經過。他們提心吊膽、小心翼翼的爬過牆，以免讓別人看到而造成困擾。因為；如果別人看到媽媽他們翻牆會讓祖父母丟面子。

　　夏天天氣好的時候，祖父母、媽媽和姊姊們會到鄉下的房子住一陣子。祖父母在鄉下也有一些地租給別人耕作。那裡也有些人在附近幫祖父母工作。他們種了一些菜並且把一些菜和地瓜切碎後餵給豬吃（因為地瓜很容易種，價錢也很便宜）。那些周圍鄰居的孩子們年齡跟姊姊們的年齡相仿，他們常常玩在一起。

　　媽媽和姊姊們都很喜歡到鄉下去，他們可以享受吃新鮮的蔬菜和水果，又有許多玩伴。

2
飛越台灣海峽

國民黨和共產黨到長沙的次數越來越頻繁，政治局勢越來越不穩。祖父母擔心如果媽媽留在長沙城裡，當長沙被共產黨占領了之後媽媽的情況會很危險；因為爸爸是國民黨員，所以祖父母要媽媽到貴州去找爸爸。

祖母對媽媽說：「小玉，你自己一個人去找國強把兩個孩子留給我們；等時局穩一點了你再回來與她們團聚！」媽媽有些左右為難，但是她還是堅持己見，她對祖父母說不論情況多麼艱難，不論路途有多遙遠，她一定要帶著大姊和二姊一起去找爸爸。

媽媽為兩位姊姊和她自己簡單的收拾了幾件衣服，拿了兩條結婚時用的金項鍊和一個金戒指放在一個布包裡。她認為在幾個月內他們就應該可以回到長沙城，一切又會回復到原來的平靜了！她沒有帶她所有的家當（細軟）。媽媽帶著祖父親手寫給爸爸的一封信去找爸爸。

那是一個艷陽高照、風和日麗的好日子。媽媽向親戚朋友們道別，媽媽帶著兩個年幼的姊姊坐著伐幹離開了

家。媽媽和姊姊們離開長沙時，媽媽的一位小學同學陪著她們走了很長的一段路。一群喜鵲吱吱喳喳吵鬧著也跟著她們飛了很長一段路與她們作伴。媽媽認為喜鵲出現是一個好兆頭。她們滿懷著喜悅的心情一起去找爸爸，迎向不確定的未來。

不知道換了多少交通工具，不知道走了多少里路，也不知道旅行了多少天。她們馬不停蹄的，日以繼夜的趕著路。越過了千山萬水，好不容易的總算找到了爸爸他們駐紮的空軍基地——貴州桐子。爸爸和他的同事們正在準備吃年夜飯。爸爸看到媽媽和兩個姊姊非常的驚喜，媽媽和姊姊們很高興總算找到了爸爸。媽媽心裡的一塊石頭總算放下了。

爸爸的一位同事對媽媽說：「孫先生這兩天眼皮跳個不停，他一直擔心長沙家裡有什麼事情發生？」

我告訴他：「不用擔心！一定是好事近了！果然今天你們來了，真是吉人自有天相啊！真是意外的驚喜啊！」

爸爸看了祖父的信情緒有點激動。之後；爸爸對媽媽說：「我爸爸說不要擔心他們，他們在長沙一切都應該不會有問題，我爸爸說他有好一陣子沒看到我了，他要我們這件事告一段落（時局穩一點的時候）要我們趕快回家……我爸爸說我們在外面再好；還是不如家裡的好；趕快回家吧！」

爸、媽在貴州桐子待了一段時間，不久之後他們跟著國民黨的空軍部隊轉到了廣西駐紮了一陣之後，爸爸奉國民黨上級命令，隨著中國空軍部隊先撤退到台灣再隨時準備反攻；打回中國大陸。

爸爸、媽媽得知台灣是一個小島，是在中國東南沿海離廈門、福建很近的一個小島。爸爸、媽媽和姊姊們乘坐空軍的飛機一路飛到了台灣。那是一架空軍運輸機，上面裝滿了器械。飛機上的成員裡除了飛行員之外只有我們一家人（爸爸、媽媽、五歲的大姊和三歲的二姊）。

1949年在飛往台灣的飛行途中，爸、媽他們從廣播中得知大陸已完全失勢，已經淪陷於中國共產黨手上。大家沉默許久不知未來如何。

撤退 到台灣
Taiwan After China

3
暫時的棲身之所

我家門前有小河後面有山坡……
山坡上面野花多野花紅似火……
小河裡有白鵝鵝兒戲綠波……
戲弄綠波鵝兒快樂昂首唱情歌……

這是童謠裡我們憧憬、羨慕的一個美麗家園景象。

我們家門前沒有小河，後面也沒有山坡。我們家住在台中縣郊外靠近海邊的沙鹿鎮。當海風吹的很大時，走在路上連眼睛都無法完全張開。有時候穿裙子風沙打在腿上還真是有些疼痛。

我們家客廳約六坪大，客廳有一張床。爸媽和兩個妹妹就睡這張床，吃飯也在客廳。房間只有一間大約三坪大，有一張榻榻米大床，所有其他姊妹和我都睡在這張床上。房間靠西邊的牆上供著西方三聖佛像。後院有一間小廚房及廁所，前、後院有約五呎高的扶桑花樹當圍牆，前院再過去是一大片田，農人有時種稻有時種地瓜。

我們住的是軍眷村有分A，B，C，D，E，F，G，還

有很多區。有些屬於海軍，有些屬於陸軍，我們住在B區是屬於空軍的眷村。鄰居有從四川、貴州、湖南、湖北、江西、河南、河北、陝西、雲南、廣東、廣西、江蘇、浙江、上海、安徽、山東、山西、福建、新疆、蒙古從很多大陸不同省分和不同地方來的。有的大陸先生娶了台灣老婆。有些省分的方言多多少少我們都聽得懂一些。在家時說湖南話，和鄰居交談或到學校時我們就說國語。每天早晨有三、四輛大軍車停在我們B區眷村村子口的大馬路上。我們的村子大約有一公里長半公里寬，一、兩輛車子是載清清初中和高中的學生去上學，因為那個學校離我們住的地方比較遠。另兩輛車是載要到空軍去上班的人，有時候爸爸會坐車子去上班，如果天氣好的話爸爸喜歡騎腳踏車去上班。

「包子饅頭，包子饅頭……」賣包子、饅頭的小販大聲清楚的喊著包子、饅頭。幾乎每一天早晨在學生上學和大人上班之前小販都會騎著腳踏車從這一村騎到另一村；一村一村的一路沿街叫賣著包子、饅頭。

這位沿街叫賣的小販他是我們另一村的鄰居，他在每天到空軍上班之前沿街叫賣以賺取額外的收入。他把一個大紙箱放在腳踏車後面，把兩個大的、耐用的橡膠帶一左一右的把紙箱牢牢的綁在腳踏車後座上，在大紙箱裡有張小棉被包裹著包子和饅頭以保持它們的溫暖度。媽媽有時

候會買包子、饅頭給我們當早餐。

在我們的村子裡有一家麵店，賣麵的老闆是從山東來的山東人。每天從空軍下班之後他的麵店就開始營業了，客人來了就坐在他們家的客廳裡吃麵，那裡有兩、三張小桌子。有時候在同一時間裡有太多客人進來而沒地方坐，老闆會請客人和他正在做功課的兒子共用一張書桌。

這個山東老闆有一次笑我們說：「你們南方人愛吃米飯；所以個子長得小──像米飯；我們北方人喜歡吃麵食我們長得像麵條；我們長得高！」鄰居們為了要賺取額外的錢貼補家用，有些人種菜。例如：磨菇，青菜，蘿蔔或蘆筍等等。當菜成熟的時候他們就挑著菜到市場去賣。偶爾也會有人來村裡沿街叫賣臭豆腐、餅乾、麥牙糖或賣烤地瓜的。

我們村子裡有兩個小雜貨舖，裡面賣的有糖果、鹽、花生、麵、雞蛋和醬油等等。

每當傍晚，當鄰居的媽媽們在煮飯炒菜時，我由村頭走到村尾，從炒菜的香味常常可以猜出一些人家今天吃什麼菜。媽媽跟山東鄰居學會包包子、包餃子和吃大蔥。跟河南和河北的鄰居學會做大餅。媽媽教我做包子，從和麵、柔麵、發麵、和料、包包子到蒸包子。媽媽說我很聰明一學就會，我很有興趣做這些事。

幾乎每天，我們的左右鄰居當他們的一家之主上班去

了，小孩上學之後，有些媽媽會湊足了四個人聚在一起四健會，一起打麻將，有時打八圈，有時十六圈；有時打到大家都下班了，小孩放學了才回家。

　　鄰居張媽媽在每天張伯伯去上班後就去打麻將，一直打到大家下班了，放學了，張媽媽才回家。是贏是輸很容易從她臉上及行為看出來。

　　那天仔仔下午放學回家，他對三姊和我說：「我肚子好餓喔！我們家只有10幾個雞蛋，你們家有沒有飯，我想來炒蛋炒飯！」三姊把我們家12人份大鍋的半鍋剩飯全給了他，仔仔炒出一鍋蛋炒飯，他問我們要不要吃？我和三姊合吃了一碗蛋炒飯，而仔仔把整鍋蛋炒飯全吃完了！

　　六點多牌局結束了，張媽媽回到家裡面帶微笑，輕聲的對仔仔說：「我今天才買的那些雞蛋都被你一下子搞光了？你這淘氣的孩子！」張媽媽說了這句話便沒有再追問了！那天張媽媽不論和誰說話總可以聽到他的笑聲連連！看來那天張媽媽是贏了錢，仔仔運氣好，那天沒被修理，逃過了一劫！

　　有一次張媽媽打麻將回來，怒氣沖沖的站在廚房門口。她拿起了銅製的水瓢就往他們家剛剛初中放學回來的兒子「仔仔」的頭上敲，頓時一陣大清脆聲響，當場仔仔額頭上留下了一個好大的紅印子。

　　張媽媽責怪仔仔：「為什麼不先把飯煮好？」張媽媽

罵道：「我欠你們張家的是不是啊？每天都要我煮飯菜，洗衣服，侍候你們這一家子。你們伸手幫忙一下都不會！連煮個飯都非得等我回來煮？老娘今天就是不高興；老娘今天就是不煮飯了，看你們吃什麼？」張家姊妹兄弟們及仔仔，包括張伯伯一下子全部都閃躲到屋子裡去以免遭殃。

張媽媽和張伯伯有時候吵架，吵架的內容大概都是說從此以後我們一刀兩斷；你走你的陽關道，我過我的獨木橋。我們從此以後井水不犯河水！

我們家姊妹私底下偷偷地笑著說；七、八個孩子都已經生了，他們是怎麼樣能夠井水不犯河水啊？

媽媽大概兩、三年才會跟張媽媽說一句話，

媽媽說：「做父母的責任最重要是把小孩照顧好，沒把孩子照顧好，只顧自己玩樂不說；還把孩子當出氣桶！這樣做『要不得』你們要記住！」

春、夏、秋、冬的每一個假日都是打牌的好日子。夏天鄰居的叔叔、嬸嬸、阿姨、媽媽們會在村子中間的大榕樹下打麻將，既涼快、又遮太陽。到了冬天就換在家裡打。孩子們便站在他們後面看牌。大人們會警告我們：「觀棋不語真君子！」我們都知道規矩，看久了我們也知道要怎樣打麻將，要怎麼聽牌。

　　聽鄰居們說打麻將可以鍛鍊腦力，可以鍛鍊腦子做邏輯的思考。然而，媽媽禁止我們打牌也不准我們觀戰，以免我們學會打牌。但是，在媽媽不准我們觀戰之前我們早就學會了打麻將！

　　媽媽說：「打麻將一定有贏有輸，如果把菜錢輸掉了，那全家吃什麼？如果贏了錢你很高興，但是輸了錢的人可就慘了！況且你能保證每次都贏嗎？」

4
簡單平靜的生活

啊……美麗的寶島，人間的天堂，
四季如春呀冬暖夏涼，聖地呀好風光
阿里山，日月潭，花呀花蓮港。
椰子樹，高蒼蒼，鳳梨甜呀香蕉香
啊……美麗的寶島，人間的天堂。
四季如春呀冬暖夏涼，聖地呀好風光！

時光飛逝歲月如梭，國民黨徹退到台灣已經十多年了。我的三姊，四姊（玲玲），五姊（雲），我（青青）以及妹妹微微和麗麗一個接著一個的在台灣出生；一年一年不知不覺的過去。媽媽也一天比一天忙碌。

夏天，我們在門前接了兩大盆的水，每天到了下午四、五點當太陽把盆裡的水曬熱了，大姊幫我及妹妹們一個個洗澡。二姊把火種先點燃，之後把火種放在煤球下開始生火，等煤球點燃了以後二姊就開始煮晚飯！等媽媽下班回來就可以炒菜準備吃晚飯。二姊分配飯後誰洗碗、擦桌。爸爸有時會下廚煮菜。他把苦瓜切成片煮成湯，裡面

放一些豆鼓和很多辣椒，整碗湯喝起來又熱又辣。我們喝了一直伸舌頭。我們把它拿來泡飯可以吃好多碗飯。媽媽常常用兩、三個蛋蒸一大碗蒸蛋，我們挖兩匙放入碗裡就可以吃上大半碗飯。我們三餐都吃乾飯（白米飯）。爸爸說長沙是米市，在長沙只有窮人才吃稀飯。晚飯後，媽媽會燒一點熱水泡杯茶給爸爸及媽媽自己，媽媽有時坐下來喊著腰酸背痛，我們姊妹們便搶著幫媽媽按摩。有的按摩肩膀、背、手掌、有的按腳。媽媽總會告訴我們：「這裡要按輕一點，那裡要按重一點！」因此；我們學會了手要施多少力按摩起來才舒服。常常我們才按摩一會兒，媽媽會說：「噢！你們按的好舒服，但是不要再按了！」我問：「為什麼？」

媽媽說：「這樣會把我寵壞了，如果那天你們不幫我按摩了，那我該怎麼辦？」

我對媽媽說：「我不會這樣對你的，只要你喜歡我一定會幫你按摩的！」

爸爸說他們小學念的是私塾，長輩們請了老師來家裡教書，教孫姓的孩子念書，所以他們不必到外面的學校去上課。爸爸有時會談起他們在家鄉的往事，例如：冬天的梨子有多大、多好吃。長沙城裡火宮殿的臭豆腐有多好吃。

我們總是問：「什麼時候我們要回大陸？」爸爸說：

「我們隨時都會回大陸；蔣總統說我們隨時在準備反攻大陸，解救大陸同胞！」爸爸說著說著就唱了起來：「反攻，反攻，反攻大陸去！反攻，反攻，反攻大陸去，大陸是我們的國土，大陸是我們的家園……」爸爸一邊唱著、一邊踢起步子來（左右、左右的踏著步子）。

爸爸說如果我們回大陸去，我們的日子會過得很好，祖父是有錢人。他是長沙城裡成功的生意人。

爸爸說：「我從來不必擔心沒有錢，只要我要用錢到櫃檯去拿就有了！」又說：「我們家裡請了長工，有的在我們家幫忙一住下來就是好幾年。你祖父在鄉下也有很多地租給別人耕種，有時我會跟著長工到鄉下收租！」

有時爸爸下班回來會帶著我們到菜園。這塊地離家不到三分鐘，是空軍的地，空軍沒有使用，我們把它拿來種菜。左右鄰居都各自劃了一塊地種菜。大家同心協力在菜園旁挖了一條大長水溝，大家就用那裡的水澆菜，我們種了一些青菜、白蘿蔔、辣椒，我們常常有免費的青菜可以吃。但是，菜園旁的水溝裡沒有水時，我們便沒有青菜可以摘了。

偶而，爸爸的軍中同學來拜訪我們，他們把客廳擠的滿滿的。不論是冬天或夏天，媽媽總是在客人一坐下就先燒了一大壺水，給每人泡一杯茶。爸爸的這些同學，他們在大陸空軍的時候一起念書，現在又住在台灣，都住在

中部附近的城市，在不同的單位上班。我們最喜歡的一位叔叔，我們姊妹們給他取了個外號叫他香蕉叔叔，因為每次他都會帶一整串的香蕉來看我們，人也很風趣喜歡說笑話。香蕉叔叔每次來都會打開我們家的飯鍋看一看，他總是問今天媽媽又做了什麼好吃的？什麼時候開飯？他要留下來吃飯！

　　他們從來沒有留下來吃飯，只是聊聊天、喝茶、坐了幾個小時，聚一聚便又匆匆的走了。

　　我很喜歡有人來拜訪我們，除了熱鬧之外！總會有叔叔、伯伯們帶一些吃的給我們，那種感覺好好！好溫暖！

5
來上學

來！來！來！來上學！去！去！去！去遊戲！

　　開始上小學一年級，媽媽給我買了一件制服。新的白色上衣上面繡了我的學號。一件藍色的背帶裙，裙子長度剛剛及膝蓋。媽媽幫我先穿上了白上衣再穿上背帶藍裙。她要我小心穿，這樣等妹妹念書時就可以給妹妹穿。我有另一套舊制服那是雲姐穿不下的，而我現在可以穿。

　　我們的級任老師臉上常常面帶笑容；她總是穿旗袍，她有很多不同顏色的旗袍。她教我們什麼是四維（禮義廉恥），什麼是八德（忠孝仁愛信義和平）。老師教導我們說：「這是中國五千年的傳統道德文化，我們不可以忘記或丟棄。我們是社會的棟樑、國家未來的主人翁，我們要好好念書、孝順父母、報效國家！」

　　同班的小朋友他們的祖先有的是很多代以前從大陸移居來台灣，這些小朋友我們稱他們為台灣小朋友。我們的父母在1949年跟隨著蔣總統來台灣的這些小朋友被稱為大

陸小朋友。

　　夏天天氣很熱，我們依然穿上鞋襪制服，並且帶著水壺去上學。一些台灣小朋友在熱天頂著大太陽，身上雖然穿著整齊，背著水壺，但是腳下卻沒有一雙鞋。他們光著腳走在被太陽曬燙的小碎石頭地上或歷青柏油馬路上，他們跳著走在回家的路上。他們光著腳來上學，回家也光著腳。有的同學有鞋但捨不得穿，他們把兩隻鞋綁在一起，把鞋子一隻前一隻後的背在肩上。他們說這樣子鞋子比較不容易壞。

　　夏天真是又熱，又濕。電風扇吹久了風也是熱的，無法消暑。有時要吃冰棒才可以解除暫時的炎熱難耐。夏天裡媽媽常要我們到前面院子摘一些「車前草」；媽媽把它煮成茶要我們大家喝！媽媽說這樣可以清火避免長痱子，這是他跟外祖母學的。媽媽說喝車前草茶比吃冰棒還好。

　　「國父孫中山先生，每次考試一百分，老師說他好學生，給他做個模範生」這是我們閒暇時口中常常朗朗上口的口訣，讚美我們的國父孫中山先生。

　　那天，我們學到國父孫中山先生是廣東省中山縣翠亨村人，他創立了中華民國（R.O.C.），創立了國民黨，也創立了三民主義。他是中華民國的國父。

　　老師說：「有一天，國父孫中山先生在他家門前的河邊看尊魚逆著水向上游，不怕艱難，啟發了國父十次國民革命不屈不饒的精神，終於在十次失敗之後，在1911年推翻了腐敗的滿清政府，創建了中華民國（R.O.C.）國父孫中山先生堅忍不拔的精神值得我們效法，學習！」

　　老師說：「失敗為成功之母。因此，做任何事不要怕失敗，只要努力去做，最後一定會成功！」老師說國父孫中山先生想要把中國變成一個自由、民主的國家，他創造了三民主義也就是-民有、民治和民享。這三民主義目前在台灣、澎湖、金門和馬祖地區實行。我們是孫中山先生三

民主義的追隨者！台灣是三民主義的模範省！」

我們每天都上國語、算數、和公民與道德課。有時候我們上音樂、勞作或者體育課。音樂課老師教我們唱歌；她兩手彈著風琴，一面唱著，她的頭也隨著音樂左右擺動。老師看起來唱的好陶醉的樣子。聽到了音樂我們開始覺得很興奮，精神抖擻起來。

嗡嗡嗡，嗡嗡嗡，大家一起勤做工，來匆匆，去匆匆，做工興味濃，天暖花好不做工，將來那裡好過冬，嗡嗡嗡，嗡嗡嗡，別做懶惰蟲。

老師唱完一句後，要我們跟著唱一句，直到我們把整首歌都學會了。我們也學著老師一面唱著歌，我們的頭也一面左右搖動。有時，我們如果上課進度超前，老師會講故事給我們聽，會讓我們玩猜字遊戲。她要我們坐好，要我們雙手背在背後、兩腳平放、不說話、保持安靜；靜靜的聽老師發號司令。

老師說：「好！各位小朋友，我們來玩猜字遊戲好不好？」我們異口同聲的說：「好！」老師說：「為了表示公平誰先舉手就讓誰先回答。

一點一橫長一撇到南洋，南洋有個人只有一吋長。猜一個字，猜對的有獎！」

　　幾個小朋友都沒猜到，後來有一個小朋友舉手說：「我知道，我知道了！」老師說：「好！這位小朋友，你說。」那位小朋友說：「府，官府的府。」

　　老師說：「答對了，是官府的府，沒錯！來！這支鉛筆給你」那位小朋友立刻起立，雙手接過老師給的鉛筆，他向老師說謝謝！並且同時向老師深深的一鞠躬以示尊敬。

　　之後大家又自創「一加一不等於二；猜一個字，是王，三橫王。」

　　「王先生白小姐坐在石頭上，是碧，小家碧玉的碧。」

　　我們也常常念詩詞。李白，杜甫和王維等作的詩詞，

　　「床前明月光，疑似地上霜，舉頭望明月，低頭思故鄉！」但是，很多人把它念成：「床前明月光，疑似地上霜，舉頭望老師，低頭偷吃便當！」

　　還有一首詩：「春眠不覺曉，處處聞啼鳥，夜來風雨聲，花落知多少！」大家把它改成，「春眠不覺曉，處處蚊子咬，夜來巴掌聲，蚊子死多少！」

　　這些詩詞變成了我們課後、茶餘飯後常常朗朗上口的有趣詩詞。

6
開動

　　那天下課回到家二姊要我必須先做好功課才可以做其他的事，我很快的把功課做完了。

　　我向二姊報告：「二姊，我功課做完了，可以出去玩了嗎？有有（鄰居玩伴）已在門外等我了！」

　　二姊說：「功課拿來給我看！」她看完了我的功課後，說我隨便寫寫就想交差了事，說我的字寫得龍飛鳳舞！不工整！要重寫！她又重新出了跟剛才差不多分量的功課。

　　並且說：「來，把這些功課做完或者玩回來再做功課！」我滿心不高興的，再也不要這麼快做完我的功課了。

　　每天吃飯的時候，菜一上來我就很快的夾很多菜，急急的咬了幾口便很快吞進肚子裡，再繼續夾更多的菜。那天如往常一樣，菜上了一道我已搶好了一個很好的位置，只要等二姊一聲令下「開動！」便可以開始搶攻。

　　但是，那天有些不同。媽媽炒好了菜，飯菜才剛上桌，二姊就宣佈：「從今天開始，為了避免我們吃飯像蝗

蟲過境，一下子一掃而空，飯可以盡量吃，但是菜有限；
菜要以分配的方式；這樣每個人都可以吃到每道菜；並且
大家都不必搶；可以慢慢的吃。不要狼吞虎嚥！要細嚼慢
嚥才好消化。」二姊又說：「我們吃東西除了自己吃以
外，也要想想看爸爸、媽媽、姊姊、妹妹們有沒有的吃。
如果只想到自己而不顧別人那就太自私了！」

「今天我們有一盤辣椒炸豆干及兩道青菜。好！現在
每個人把碗放在桌子上，兩道青菜我會分給每個人。」二
姊一面說一面開始分，今天的芋頭切片炒白菜是媽媽常做
的菜。二姊又說：「整片豆乾一人夾一片，你們可以自己
夾、現在夾或者等下夾都可以！」二姊分完兩道菜之後便
一聲令下：「好！開動！」全場鴉雀無聲，我們很安靜、
專心的吃。

爸爸說：「吃飯在吞嚥時不要說話，而且要小口小口
的吃，以免吞到氣管去！」又說：「吃飯吃八分飽，身體
才健康！」

爸、媽要我們飯菜要吃乾淨，可以吃的部分要吃完，
不可以浪費我們常常被提醒；若亂丟棄不喜歡吃的食物會
被「雷公」打或者下輩子會變成「叫化子（乞丐）」；因
為我們這輩子已把下輩子要吃的食物浪費光了。我們從來
沒有把飯菜漏在桌上，都吃的很乾淨，除了不可以吃的部
分才會留在桌上。

　　不論二姊怎麼費盡心力很努力的想讓每個人很公平的吃到每道菜。然而，我依然像往常一樣吃的很快，兩、三下我的菜已全下了五臟廟只剩下白飯一碗。

　　二姊說：「你要看你有多少飯，要吃幾口飯才配一口菜。不然，就會像青青現在這樣，菜已經吃完了白飯才吃兩口，那剩下的飯怎麼下嚥呢？」我看看二姊又看看媽媽。媽媽真是善解人意，我還沒開口說話，媽媽已經把她碗裡的一大塊豆乾迅速的夾到我的碗裡。二姊瞪著我沒說話，我不敢看二姊。我低著頭很快的把碗裡的飯菜往嘴裡送，很怕二姊會把媽媽給我的豆乾搶走。

　　一位鄰居聽說我們家吃飯開始用分配的，他說：「你們家怎麼好像是共產黨，只有共產黨吃飯才用分配的！」我對共產黨瞭解並不多，聽說大陸同胞他們沒有自由，不能夠決定要吃什麼，吃飯的時間到了他們就去食堂吃大鍋飯。如果我住在一個地方三餐時間到了，食物已經為我準備好了，不必擔心吃什麼，我絕對不會抱怨！至少二姊不必在飯桌上維持秩序，媽媽不必煮三餐，我們也不必擔心三餐有沒有著落，那不是很好嗎？

7
端午節

再過幾天就是農曆五月初五端午節了，老師說：「端午節是為了紀念屈原而過的節日！」

大約在兩千多年前，有一個了不起的詩人和忠臣，他的名字是屈原。屈原是楚國人，他向楚國國王上書了很多對國家有利益的建議，楚國強盛了。然而有些人忌妒屈原，對國王進讒言，屈原被奸臣所害而被楚國流放，他離開了他愛的楚國。之後，楚王聽從奸臣的建議與秦國開戰，楚國被秦國打敗了。屈原因為楚國國王聽信讒言而國力卻一天天的衰弱，讓人民遭受苦難！屈原為祖國日益衰弱自己無法為他的祖國做任何事，因而感到相當的失望、無助和悲傷，憤而投江（汨羅江）自盡。大家瞭解屈原的愛國與忠誠，很多人划著船沿著江邊尋找屈原，他們找不到屈原，大家便投入包好的粽子給江裡的魚兒們吃，以免魚兒吃他們所敬愛的屈原。

　　老師那天在勞作課時要我們做紙的、布的香包。香包是只有在端午節才做的小裝飾品。我們把做好的香包掛在胸前、窗前或書包上。香包：顧名思義是一個香香的小飾品。每年端午節媽媽都包粽子，媽媽把粽葉和糯米分別泡在水裡，準備隔天再來洗粽葉。又買了艾草把它掛在門前、窗前。聽說這樣可以避免蟲蟻跑進家裡來。媽媽也做了「雄黃酒」裡面加了很多大蒜，味道聞起來好濃，有點頭暈。難怪蚊蟲不敢靠近。

　　媽媽和二姊輪流洗粽葉，之後媽媽把糯米放在粽葉裡，然後把已調好的料（肉、炸蔥頭、香菇、花生）放入糯米中間，之後把糯米及料包裹在粽葉裡，再用棉繩子把粽葉綁緊一串約二十、二十五個放入鍋裡煮。

　　鄰居的媽媽們也都做了粽子，但是每家做的粽子形狀都有些不同，口味也不太一樣。有些媽媽包的是透明的鹼粽子，看起來晶瑩剔透，想來一定很美味！有些包的是甜或鹹的口味。有些包花生、香菇、肉或板栗在裡面。

　　端午節除了吃粽子也吃鹹蛋，大人們組了幾個隊伍划龍舟比賽，在端午節我們放假一天來紀念屈原，我們要學習他對國家的偉大愛國精神和忠誠。

8
農夫來了！

地瓜並不貴，但是媽媽不知道怎麼煮地瓜；所以我們很少吃。有時候當我們下午放學後路邊的地瓜攤販用陶瓷大缸烤地瓜，烤的香味四溢。有些同學在放學回家的路上會買來當晚飯前的點心。偶而，他們也會分一點給我吃，真的很好吃。我喜歡吃地瓜！

前面田裡地瓜已收成。農人犁過田準備要放水到田裡，之後就要準備種稻子。地瓜田犁過之後田裡的土堆的高高低低；農人收成以後翻犁過的田裡還有一些小小的地瓜漏出土來。

很多小朋友要到前面田裡撿農人已收成後還留在田裡的小地瓜。鄰居有有及他哥哥，兩個男生和他們的一個姊姊要去撿地瓜。玲玲姊和雲姊也決定要去撿。

我自告奮勇的說：「我也要去幫忙多撿一點地瓜回來，我們可以煮地瓜稀飯！」玲玲姊說：「你不要去，你太小了跑不快，萬一農夫來了你會被農夫抓到。你在家等我們，我們很快就回來！」玲玲說完，便與雲姊快步走向

前面地瓜田，我沒有說話也很快的跟在後面。

　　一位小女生我的鄰居玩伴已在田裡。看來村子裡大部分的孩子都在地瓜田裡撿地瓜，像是參加一個大型的戶外活動。大家都好興奮並且高聲談笑著。有有他們撿到了大的地瓜。我們也很努力的撿，試試運氣，看看能不能找到大一點的地瓜。當我們正全神貫注的在撿地瓜，不知道是誰突然大叫一聲：

　　「農夫來了，農夫來了！」所有的小孩一下子飛快的奔跑離開了地瓜田。地瓜田裡的土高高低低，我跑不快。玲玲和雲姊跑了一半又折回來，一人抓我的右手臂一人抓我的左手臂想把我快速拉離現場，往家裡的方向飛奔，就在此時農夫已追到了地瓜田。農夫跟著我們慢慢的走到我們家。

　　農夫見到了媽媽，告訴媽媽說我們拿他們田裡的地瓜是不可以的，也不要我們踏他們已經犁好的田。農夫走了之後，媽媽把玲玲姊和雲姊罵了一頓。

　　媽媽說：「是誰叫你們去的，我沒有說你們可以做的事就是不可以做，真丟人！」媽媽一面說一面把玲玲姊和雲姊手中及口袋裡的小地瓜收到媽媽手裡。媽媽生氣的走到前院，她把這些大約兩到三吋長的小地瓜全部丟回到了地瓜田裡。

　　「那些小地瓜是他們不要的，放在田裡還不是壞掉，

浪費了，為什麼不能給我們吃？」雲姊大聲、抗議的對媽媽說。

媽媽說：「不要強辯！他們家的地瓜在他們家的田裡壞掉了，那是他們家的事；別人沒有同意就是不可以！」

媽媽說：「我們雖然窮，要窮的有志氣！我們不偷、不搶。我們吃的、喝的、用的都要用正當的方法得來！」媽媽去了廚房煮飯，玲玲姊狠狠的對我說：「你看吧！都是你！我就知道你跑不動，叫你不要去；你就是不聽。現在好了！我們沒有地瓜吃，你高興了吧！」

我也覺得很難過、很後悔！因為我跑不快讓大家沒吃到地瓜！

爸爸晚上回來了，當他知道我們到地瓜田裡的事，他搖著頭並且嘆了口氣對我們說：「唉！我們在家鄉是從來不吃地瓜的，如果你們祖父知道你們今天的行為他一定非常的失望、難過！你們的舉止和行為一定要恰當得體，不可以讓你們的父母、家人丟臉！」

9
知足

　　爸爸在空軍的配給，我們家每個月固定可以分到一些米、麵，有時候分配到一大桶牛油，有時候分配到脫脂奶粉。牛油及脫脂奶粉聽說是美軍供給我們的。媽媽把牛油拿來煎蔥油餅，煎出來的餅好香、好香，吃起來更香、更脆。媽媽說我是吃脫脂奶粉長大的，因為媽媽的奶水不夠，加上我們家沒有多餘的錢買全脂奶粉，所以我就吃軍方配給的脫脂奶粉長大的。

　　家裡常常現金不夠。爸爸、媽媽會把一部分的米、麵和分配米麵的人折換成現金，再拿現金去買菜，我們才有菜吃。

　　媽媽說：「有錢人，有有錢人的花錢方法。窮人，有窮人的花錢方式；此一時，彼一時。現在；我們每一分錢都要用在刀口上，我們沒有錢，就要想辦法省著點用！」

　　我們總是要等到市集快結束了才去市場。

　　媽媽說：「那個時候去，有些賣菜的要收攤回家了，剩下的菜明天賣就不新鮮，沒人買了。因此他們一定要在回家前把這些菜賣掉。所以，那個時候去我們才可以買到

便宜的菜。」怎麼樣和賣菜的小販討價還價看來也是一個非常重要的學問要學，特別是我們沒有多餘的錢可以花。媽媽常常和菜販討價還價，我們總是可以以便宜的價錢買到幾大片豆腐、青菜、魚和水果。

我們常常可以滿載而歸。

辣椒是季節的時候很便宜，媽媽要爸爸帶我們到市場，我們買了一大籃的辣椒回來，大家輪流切，切到流眼淚，支持不下去才換下一個人切。全部切好後爸爸或媽媽會再放鹽、酒把辣椒調好味後，再把它放入一個個玻璃罐裝起來才不容易壞，隨時要用就可以取出來。用來炒菜很下飯。當辣椒貴的時候我們就不必花錢買辣椒。

有時候我們買了很多便宜的大頭菜和蘿蔔，媽媽把它做成泡菜。有時我們買很多芥菜，媽媽把芥菜和蘿蔔做成梅乾菜和蘿蔔乾。媽媽把曬乾的菜塞入陶瓷罐中，壓緊並且把封口封緊綁好，等一兩個月後再打開炒來吃。當封口打開時，啊！一陣陣的梅乾菜香味撲鼻而來！味道好香，好香啊！蘿蔔乾的香味聞起來讓我們覺得肚子好餓！媽媽給我和微微吃辣蘿蔔乾當點心，辣蘿蔔乾吃起來好辣也有一點鹹，我們吃完之後喝了好多的水。

如果家裡沒有人生病也沒有額外支出的話，爸爸、媽媽會盡量讓我們吃一些我們想要吃的食物。我們每天吃三餐，通常沒有任何的點心或者糖果可以吃。微微和我向爸

爸、媽媽抱怨-為什麼別人總是有糖果、點心可以吃而我們沒有？

　　爸爸、媽媽告訴我們-要感激我們所擁有的而不應該抱怨。

　　「起立！」像往常一樣班長向全班同學說。

　　「老師早！」我們站起來一起說。

　　「各位小朋友早，請坐下！」老師說，全班同學才坐下。

　　老師說：「各位小朋友，又到了我們一年一度的防癆郵票捐獻，每個人買一張五毛錢的防癆郵票，可以幫助肺癆病人也可以防止肺病的傳染。我們每個小朋友都很有愛心，是不是啊！」

　　「是！」我們齊聲說。

　　「我們有愛心要用行動表現才有用，知道嗎？」老師說。

　　「知道！」我們齊聲說。

　　老師說：「那麼各位小朋友，我們至少要一人買一張好嗎？請各位小朋友回家跟你們的爸爸、媽媽說買防癆郵票的重要，請在兩、三個禮拜把它交齊，好嗎？」。

　　「好！」我們齊聲說。

　　第二天有位小朋友買了五張防癆郵票，而我只買了一張。

晚上回到家我對媽媽說：「媽！我要再買五張防癆郵票才可以！」

媽媽說：「你今天不是才買了一張防癆郵票，為什麼還要再買五張呢？」我說：「因為我們比別人有愛心，要比別人買的多才行。

有一個同學買了五張防癆郵票，所以我要買六張！」媽媽望著我停頓了一下，然後問我說：「那位小朋友他們家有幾個孩子？」我說：「他是他們家唯一的孩子！」

媽媽說：「好！很好！你聽我說，我們家現在有八個孩子，一人買一張郵票我們家就買了八張，那位小朋友是他們家裡唯一的孩子，他們家買了五張。八張郵票和五張郵票那一個多？那家買的多？」

「我們家買的比較多！」我很高興的回答，我認為媽媽說的很有道理就不再與媽媽爭吵了。

幾個星期後，老師說：「各位小朋友，我們這學期捐款給貧苦人家的活動從今天開始，請各位小朋友告訴你們的爸爸、媽媽請大家踴躍的做出捐獻，捐多少錢都可以。這些貧苦的人家沒有衣服穿，沒有飯吃很可憐！我們要發揮愛心並且要以行動表現好嗎？」。「好！」我們很恭敬、服從的回答。

當天晚上我告訴了媽媽及姊姊們-我們學校有樂捐活動，要捐款給貧苦人家。

「啊！又要捐錢？捐錢給貧苦人家？誰是貧苦人家？我們才是貧苦人家！」二姊拉高了嗓門說。

「我們不是貧苦人家！」我不同意的對二姊說。

「要怎麼樣才算窮？難道我們還不夠貧窮嗎？我們是泥菩薩過江；自身難保！」二姊瞪著我一付很無奈的樣子。

「我們不窮！我們有飯吃，有衣穿，我們比起那些貧窮人家，我們很幸福！」我想說服二姊對二姊說。

「我看我是對牛彈琴！」二姊更大聲的對我說。

「好了！好了！不要再吵；不要再爭了！青青這兩毛錢你拿去捐吧！」媽媽給了我兩毛錢對我說。

不久之後，有一天我跟媽媽到菜場去買菜。當媽媽在與菜販討價還價時我看到一個穿著邋遢的小男孩，他站在菜販的後面，他的鞋子前端已經破了一個很大的洞。而他的兩、三個腳趾頭已伸出了鞋外，腳趾頭幾乎踏在地上，看來他的鞋子是太小了。他所穿的外套兩個手肘都有補丁，有一個補丁已經快完全脫落了，而外套的顏色也退色的很厲害。這男孩的年齡看來與我相近，他很專心的搜尋在地上的青菜葉，並且從丟棄的青菜葉中把較好的撿起來放到他身邊的一個竹籠裡面。那些地上的蔬菜葉子是菜販不要而丟棄的，菜販把一些太老、太爛、不好看的蔬菜葉

丟棄在地上。

　　我認為我們家是幸福、富足的只是偶爾不夠吃。我們有飯吃！有衣穿！有地方住！有合腳的鞋可以穿、有乾淨、整潔的衣服可以穿，我們還要求什麼呢？誠如爸爸、媽媽常說的：「我們要知足、要感激我們所擁有的！」

10
幫手

「明，你應該要回學校念書，有一天你會怨我沒有強迫你多念點書！」媽媽一面編著帽子一面對二姊說。

「媽，難道你要我回學校去；書念不好給老師打死啊！你也知道我已盡力了，但是每次還是考不好。如果我要念書我就要把它念好；不然就不要念。這輩子念書跟我已經無緣了！」二姊坐在媽媽旁邊一面說手中一面編著帽子。他們常常有類似的對話。

二姊說她自從腸子動了手術後記憶力減退很多；常常背書背不起來。二姊書念不好讓她感到非常挫折也不願意再念書。中學畢業後二姊到了鳳梨廠上班。

有一次二姊下班回來，把飯盒打開裡面裝了兩、三片鳳梨心，那是鳳梨廠裝罐前切下來不要的部分，工廠再把鳳梨心轉售給別人做點心和糖果。二姊徵求主管的同意後把鳳梨心帶回來給我們吃。一見到有東西吃我們的眼睛都亮了。

「鳳梨！我們可以吃嗎？」我問二姊。

「當然啊！這是特別帶給你們吃的！趕快來吃吃

看！」二姊說。雲姊和我兩個試了一口以後我們的眼睛都
快張不開了。

　　「好吃嗎？」二姊急切的問。

　　「好吃！好吃！只是有點酸，」我停頓了一下找了一
個恰當的形容詞回答；雲姊點頭表示同意我的說法。

　　「哦！」二姊說。二姊很關心我們，她知道我們喜歡
吃，所以帶鳳梨心給我們，想來他期待我們會有很開心和
滿足的表情，對於我們的反應她顯得有些失望。

　　媽媽若沒去上班，二姊與媽媽常常在家編草帽，貼補
家用。有時候二姊編好了幾頂草帽後她會半開玩笑的說：

　　「啊！我今天賺到了三片豆腐，」三片豆腐是一塊
錢，有時候他會很高興的說：「啊！我賺到了一把蔥！」
偶而我在半夜起來，看到媽媽和二姊坐在微弱的燈光下，
手中還不停的編織著草帽。

　　草帽工廠的人把半成品草帽分送到很多不同的地區，
讓想要賺外快補貼家用的人來編織完成草帽，隔幾天再把
成品帶回去。

　　「編一頂草帽多少錢？」我問二姊。

　　「簡單的一毛，難的兩毛一頂」二姊說。

　　「那麼，一天可以編幾頂呢？」我又問。

　　「嗯！大概是五到七頂吧！噢！有時候編到我的眼睛

都花了，編到晚上一兩點眼睛都看不清楚，想要多編一點都沒辦法，真是心有餘力不足！」二姊說。

「二姊，這樣吧！你教我編草帽好不好？這樣我們就可以多編幾頂，我也可以幫忙啊！」我說。

「你年紀還太小，只要乖乖聽話，好好把你的書念好，不要吵，不要鬧就是幫忙了。功課做完了嗎？有沒有問題？」二姊問。

「還沒！」我說。

「趕快做功課，做完就可以出去玩！」媽媽緊跟著說。

「噢！好！」我說。

媽媽總是一面編著草帽一面唱著歌：

高高的樹上結檳榔，誰先爬上誰先嘗，誰先爬上我替誰先裝……

……趕忙來叫聲我的郎呀，青山高呀流水長，那太陽已殘，那歸鳥兒在唱，叫我兩趕快回家鄉……

二姊也跟著媽媽一面編草帽，一面唱著媽媽在湖南家鄉學的情歌。他們在編草帽時唱歌，聊天看來是他們唯一的娛樂。唱家鄉的老歌會讓媽媽更想大陸老家。然而；每當媽媽想到編好草帽以後，很快的又有額外的錢可以給我們買菜，想想她又非常的開心。

11
手足

　　那天正在向坐在我旁邊的小朋友要東西吃，雲姊正好來教室找我，她問我剛才在做什麼？

　　「旁邊的小朋友在福利社買的零食看起來好好吃，我的口水都快流出來了！」我說。

　　「你知道嗎？跟別人要東西吃是很丟臉的！這是坐在我旁邊的小朋友給我的；我教她算數！」雲姊說完她把手中的零食全部放在我的手上。那是一絲絲的乾年糕。

　　班上有些小朋友，有時候在我背後叫我「好吃鬼！饞鬼！」我很不喜歡這個稱呼，但是也沒辦法。

　　第二天，很意外的媽媽給了我兩毛零用錢，媽媽說我可以買我想要吃的零食。哦！這是很少發生的事，我心情雀躍的去上學，一路上一直在想這兩毛錢應該要買什麼吃的比較好呢？是一毛錢買八粒健素糖，一毛錢買彩色糖果？或者兩毛買一個奶酥麵包？又或者兩毛錢買辣芒果乾？啊！真是越想越難做決定。算了！晚一點再說吧！

　　才進教室剛剛坐定下來，老師又在叫王美蘭的名字了，昨天她已經被老師打了很多下手心；因為沒有繳樂捐

以及買作業本的錢。老師現在又叫她的名字,想來王美蘭又要挨打了。

老師說:「出列,到台前來,我不再幫你墊這些費用了!我倒要看看你要到那一天才肯交這個錢?」老師一邊說,她的眼睛一邊看著手中揮動的藤條鞭子。

我知道王美蘭有難了,一定會被老師修理。我立刻衝向前,對老師說:「老師!我這裡有兩毛錢,就算是王美蘭小朋友繳的吧!」

「你幫她繳這個樂捐的錢?」老師有點懷疑的笑著問我。

「是的,老師!」我說。

王美蘭的頭髮總是乾乾黃黃的,有幾次天氣很冷她還是光著腳來上學,我對她很好奇想成為她的朋友,但是;每次與王美蘭說話時她總是眼睛看著地上或著看著別的地方,沒說兩句話她就跑掉了。我很高興今天有能力做這樣的事;從老師的笑容我確定這件事我做對了。之後,王美蘭主動和我說了幾次話,有幾次邀請我和她一起玩跳繩。

這學期結束時老師宣布我得了班上第二名。她給了我兩支鉛筆和兩本練習簿。老師說:「全班前三名的小朋友有獎品!」

並說：「我們不但要學業名列前茅，品德也一樣重要。

我們要做品學兼優的好學生！」沒想到我竟然得了第二名。

我拿著老師給我的獎品很得意、很驕傲的向爸爸、媽媽、姊姊、妹妹們炫燿。

雲姊對我說：「嗯！很好！要再接再勵、繼續努力、要學有學問的人！」她越說我的頭抬得越高，覺得更驕傲、得意！

她又說：「要學有學問、有智慧的人；要謙卑！不可驕傲！有智慧、有實力的人就像滿瓶水：怎麼晃都沒聲音，不要像半瓶水：響叮噹！」。

「啊！什麼啊？」我不解的說。

又有一次上完第一節課，我趴在桌上想小睡片刻等待下一節課的來臨，雲姊來班上找我。

雲姊說：「你怎麼不出去跑跑？不要趴在桌上！」我說：「去那裡跑跑？」雲姊說：「去坐鞦韆或到操場走走，」我說：「我那裡都不想去，」雲姊說：「來，給你一些零食；這是坐在我旁邊的同學給我的！」她打開手帕裡面露出了幾顆健素糖，雲姊把它放在我的手掌上。

雲姊是最照顧我的姊姊。我們年齡比較接近，有吃的她總是會想到我。總是有辦法有東西吃，還可以留一些給

我。

那天發回幾天前寫的作文，老師給我一個「甲」正在心生歡喜的時候，仔細看了老師寫在後面的評語是「若非抄襲，此文乃佳作也！」

什麼意思？老師認為我可能抄襲別人的作文？什麼？怎麼可以這樣懷疑我！冤枉我呢！這個作文是我們在課堂上寫的，去偷看誰的？左右同學？他們自己都自顧不暇。我一路氣呼呼地走在回家的路上，越想越生氣！

在半路上遇到了雲姊，她問我：「皺起眉頭，怎麼回事？誰欺負你了？」

我告訴她：「老師懷疑我抄別人的作文！」說完我把作文拿給雲姊看。

雲姊說：「啊！很棒啊！你得了一個甲。」

我說：「是啊！先別高興的太早，看看後面的評語再做結論！」

雲姊念：「若非抄襲，此文乃佳作也！」

我說：「老師認為我有可能抄襲別人作文的嫌疑，不是嗎？」

雲姊說：「是啊！是有這個味道。可是，你有偷看別人的嗎？」我說：「當然沒有啊！是我自己寫的！誰能給我看？這是我們在課堂上寫的，很多人都沒寫完！」雲姊

說：「對啊！這就對了，老師認為以你的年紀應該寫不出這樣好的文章，可能是偷看別人的。可是你沒有看別人的啊！是你自己寫的，就表示你很棒啊！對不對？」

經過雲姊這麼一說，我從愁眉不展一下子變成了開懷而笑！

雲姊和我一起走往回家的路上。走在村子口，我們遇到了一群鴨子。鴨子的脖子伸的好長、好兇的追著要咬我們。雲姊抓著我就跑。我從來沒跑過這麼快，我們好險差點被鴨子追上。我與雲姊兩人歡歡喜喜！得意洋洋的結伴跑回家。

12
擁有金山銀山不如一技在身

　　媽媽正在廚房炒菜，微微妹在客廳裡哭我在客廳外哭，我們要媽媽給我們錢買糖果、零食吃。媽媽由廚房走進客廳經過我旁邊，我哭的很大聲，媽媽無動於衷、視若無睹。媽媽再由客廳走去廚房經過我旁邊我哭的更大聲，希望引起媽媽的注意，想要媽媽給我錢買糖果、零食。

　　這麼來來回回的搞了好幾次，媽媽還是依然視若無睹！我覺得很失望！

　　之後，媽媽對我們說：「唉！我想我上輩子一定做了很多壞事，不然，就是上輩子欠你們太多，前債未清！這輩子才會碰到你們這些魔啊！討債鬼啊！」

　　「你們認為我有錢就是不給你們買零食吃？」媽媽說。

　　「我沒有多餘的錢可以給你們買糖果，我連買菜的錢都不夠。哭、鬧是弱者的表現。哭可以解決問題、就有菜錢了嗎？」媽媽說。

　　「唉！……」媽媽突然嘆了很大的一口氣。

　　「怎麼了？媽……」雲姊問。

「你外祖父打錯算盤了！」媽媽說。

「媽！外祖父在大陸內地，我們在這裡怎麼會與外祖父扯上關係？」雲姊說。

「你外祖父認為你爸爸家，家大業大可以吃幾代都沒問題，所以我就在父母之命；媒說之言下嫁給了你爸爸。你外祖父常常喜歡到處幫人寫狀紙告狀，到處結交朋友，見多識廣。他把我嫁給你爸爸這個決定當時每個人都認為是最好的選擇與安排！」媽媽說。

媽媽繼續說：「我們生活在今天這種情況下是你外祖父萬萬料想不到的。你爸爸賺的錢不多，但是；他的花錢方式跟以前在大陸家鄉有錢的時候是一樣的，想花錢就花。如果當初父母讓我多念點書，今天我就可以很容易的找個工作，獨立不依賴你爸爸，也不至於落到今天這麼困苦、貧窮的地步。唉！擁有金山銀山不如一技在身，如果有一技在身不論走到那都會有一口飯吃！」

「這點錢兩個禮拜的菜錢都不夠，怎麼能夠維持一個月？」當媽媽從爸爸手中接過一疊鈔票的時候她對爸爸說。爸爸沒有答話，

「你們很多同學他們繼續念書現在升到少校、中校或上校了，他們的薪水比你的多很多，當初你們一起念書時你的功課不會比他們差，如果你也多念一點書階級升高一

點；我們的日子也好過一些！」媽媽說。

「我喜歡現在的工作，我不喜歡坐辦公桌！」爸爸說。

「你想我們還回得了大陸嗎？」媽媽說。

「說不定！難說哦！」爸爸回答。

「是啊！你等著吧！看有沒有金塊會從天上掉下來，你可以去撿！好好的做你的白日夢吧！」媽媽回應爸爸。爸爸走出客廳到前院去了，媽媽轉身走到後面廚房開始做晚飯。

晚上媽媽做了骨頭海帶湯，那是用豬大骨頭做的湯只有骨頭沒有肉。媽媽說這個湯燉了很久，有很多營養要多喝一點。不論媽媽說營養還是不營養，我一定都會喝很多的！

錢看來是非常重要，爸、媽有時候爭吵，只要有爭吵一定是為了錢！我對媽媽說：「為什麼政府不能多印一點鈔票分送給需要的人，這樣大家不都有好日子過了嗎？」媽媽說：「政府要有一定的黃金；根據多少黃金的價值才可以印多少鈔票。鈔票是不可以隨便印的！」

13
巧婦難為無米之炊

　　兩個妹妹常常生病特別是麗麗，當媽媽發現她不太說話時，每次媽媽把手背貼放在麗麗的額頭上就知道她發燒了。

　　有幾次我跟著媽媽抱著麗麗妹到前面村子去看醫生，他是軍醫，我們這附近的人生了病都是去找他看病。這位醫生總是會先給妹妹打一針退燒針再拿一點藥。看醫生是一筆額外的支出，在我們家經濟拮据的情況下更是雪上加霜。

　　我告訴麗麗妹將來一定要當醫生或嫁個醫生，這樣生病就不必花媽媽的錢看醫生了。

　　已經是下午五點了，廚房裡靜悄悄的只有一鍋煮熟的白飯。看來晚餐又要吃醬油泡飯，不然就是糖拌飯。我很餓了！然而；一想到晚餐要吃這些，我一點胃口都沒有。

　　媽媽安安靜靜的坐在客廳裡掉眼淚，一顆顆眼淚從她的臉頰上滑落下來。媽媽在哭！雲姊和我互換眼神，感覺到一定是出了什麼問題。媽媽總是告訴我們不可以哭鬧，哭！解決不了問題。哭是弱者的表現。但是，今天媽媽哭

了，看來問題一定不尋常。

媽媽要雲姊、我和妹妹到後面大馬路邊拔馬齒莧。媽媽先教我們如何辨識並說那野菜是可以吃的，是她在大陸時外婆教過她如何辨識可以吃的野生植物。

我們姊妹們拿了一個籃子沿著路走在大馬路邊。我們專心的在尋找媽媽告訴我們的馬齒莧。走著走著一位鄰居小女孩迎面而來。她問我們在做什麼。我覺得有些難為情正不知該如何回答時。雲姊說：「我們在找一種野菜。一種很特別的野菜，你要不要跟我們一起拔？」

鄰居女孩說：「我要回家吃晚飯了！」她說完後漸漸的走遠了。

晚上我們吃野菜（馬齒莧）與白飯。這種野生植物吃起來有點酸酸的，味道很不一樣！

雲姊晚上睡我旁邊，她說：「爸爸給媽媽的錢不夠用，媽媽已經身無分文，下午我與媽媽一起去一個伯伯家借錢。那個伯伯表示借錢是沒問題的，問題是我們怎麼還？什麼時候還？

媽媽不能給他一個確切的答案，所以，我們沒有借到錢！」

很多天沒有見到媽媽了。每天早上是二姊買的機器饅頭給我們吃，晚餐也都是二姊煮的。

媽媽呢？他該不會不要我們了吧？

那天賣餅乾的車子停在村子中間，左右鄰居的媽媽們紛紛去買餅乾回家吃。我和妹妹們跟著一群小孩圍著賣餅乾的車子，當餅乾桶打開時，我趕緊深深的、大大的呼了一口氣，想把香味全部吞到肚子裡。

「啊！好香啊！」大家異口同聲的說。

人群漸漸散了，餅乾車要走了。我和妹妹們失望的回到了家，就在此時，對面周伯伯拿了一大袋他剛剛才買的，香味四溢的餅乾放在我的手中。

他對我們說：「你們都很乖，這是給你們的！」我和妹妹們眼睛盯著香噴噴的餅乾張大了嘴，我們的眼神從失

望立刻轉變成喜悅。對突如其來的驚喜，我們的眼睛頓時為之一亮！

那天晚上很晚了，爸爸對我說：「青青！走！我們去把你媽媽接回來！」我和爸爸乘坐晚上的火車，坐了好幾個小時終於在第二天早上到了台北。爸爸買了一個火車上的便當給我吃，裡面除了白飯還有兩片黃色的蘿蔔，一個滷蛋及青菜。吃起來非常美味。

台北的清晨已經非常忙碌，很多車子已在街道上行駛。下了火車又上公共汽車，下了公車我們走到了一大戶人家門前。這家人有好大的院子，院子裡有幾棵老榕樹，樹枝伸出了圍牆外。微風輕輕吹過，在夏天的早晨站在榕樹下好清涼！好舒服！爸爸按了門鈴，沒想到出來應門的竟然是媽媽。我快速衝上前去抱住媽媽，媽媽把我的手緊緊、牢牢的牽著。

看到媽媽我有說不出的欣喜，她把我們帶到廚房旁邊的一個小房間要我們坐下後，媽媽便在廚房裡忙進忙出的。她不發一語忙著弄早餐給這家人吃，忙著燒熱開水給他們沖熱牛奶喝。他們全家人都坐在餐桌上，他們一會兒叫著媽媽。

「玉嫂！我要熱牛奶！」

「玉嫂！我要一個荷包蛋！」

「玉嫂！我的襪子呢？」一會兒又叫著：「我的制服

呢？這件衣服髒了拿去洗！」

當媽媽在廚房裡忙的時候，我問媽媽：「我可不可以去院子裡看一下？」媽媽說：「不可以！你只可以在廚房跟我在一起！」

這戶人家有個小女孩身高和我差不多。當我看到她時我給了她一個微笑。她在客廳走來走去，充滿著好奇的眼神不時的盯著我。

與爸爸、媽媽坐著當天的火車回到台中的家裡。我把周伯伯給我們一大袋好吃又香噴噴餅乾的事告訴了媽媽。

媽媽說：「唉！我們又欠周伯伯一個大人情，不知何時才能還？周伯伯真是好心腸總是關心我們，他待我們就像是在冬天裡我們沒有碳可以生火取暖，他就送碳給我們讓我們取暖，更溫暖了我們的心！只要有機會我們一定要好好報答他！」

媽媽又說：「你們能讀書就要好好多讀點書，將來成為社會有用的人。不要學我！我連一個像樣的工作都找不到。我真是寸步難行，要做什麼都不行，連吃喝都要依賴別人，真可憐！可悲！」

又說：「我們一家人要齊心合力！互相照顧！一起度過難關！」

14
鄰居李軍

　　窗外傳來一陣陣男孩的哀號聲，那是鄰居李軍的聲音，他一定又被他爸爸修理了。

　　李軍的爸爸有很多花招修理李軍，上次他爸爸要他跪在散的煤炭上，頭上頂著水盆處罰他。如果他稍有鬆懈，整盆水就會灑在李軍身上。

　　我和微微站在李軍家的紗門外，看到李軍穿著單薄的衣褲跪在地上。李軍的爸爸手裡握著藤條用力的往李軍身上抽，並對李軍說：

　　「看你下次還敢不敢？敢不敢不聽我的話啊？」李軍哀號著，他大聲的說：「不敢了！不敢了！」他爸爸又用力抽向李軍：「現在我供你吃！供你喝！供你學費！你的所有費用都是我付的！竟然敢不聽我的，那一天我老了還能奢求你對我有什麼回報嗎？」

　　李軍更大聲說：「不敢了，再也不敢了，嗚！嗚！嗚！」他一面說，一面用手擦拭著眼淚。

　　「我看你是不想活了，想找死！」李軍的爸爸話才

說完又是一鞭子用力往李軍身上抽，李軍手臂上已經有好幾條藤條抽打後留下的痕跡。他的妹妹陪在旁邊一直哭，口裡喊著：「不要打了，求求你不要再打他了，嗚！嗚！嗚！」

李軍的爸爸對李軍說：「為什麼你的哥哥總是可以名列前茅，我從來不需要督促他念書，而你總是讓我處處煩心！你給我跪在這裡，不准動！我沒叫你起來，你就不許起來！跪在這裡！好好想想你做錯了什麼！今天不准你吃晚飯！」我和微微跑回家，告訴媽媽發生了什麼事並且問媽媽我們要怎麼樣才可以幫助李軍，讓他免於被修理，被打的命運。

媽媽說：「小孩子做錯事被處罰一下並沒什麼不對，人家父母管教小孩我們是外人也不瞭解情況，怎麼干涉插手？

唉！只是李軍被這樣處罰也太嚴厲了！」我們在家裡談話時，還聽到李軍一陣陣的哀號聲。

那天晚上滿晚了，有人敲我們家的後門。是李軍，媽媽示意要我們進房間。李軍對媽媽說：「孫媽媽我剛剛被我爸爸處罰，沒有吃晚飯。我現在很餓，但是我們家已經沒東西吃了！」

媽媽問李軍說：「你為什麼遭你爸爸處罰？」李軍

說：「我考試沒考好，比上次退步很多，我大概努力不夠！」李軍低著頭慢慢的走進我們家。

媽媽把飯菜乘在碗裡並對李軍說：「那你下次要努力，考好一點。這樣你爸爸就不會打你了！」

「好！」李軍說。

「來！坐下來吃飯吧！」媽媽把碗放在桌上要李軍坐下。

李軍坐了下來，接過了碗，很迅速的把飯往嘴裡送。他不忘說：「謝謝你！孫媽媽」全場安靜了好幾分鐘，大家在另一個房間靜靜的聽著李軍訴說。

李軍的媽媽到台北幫傭，每年見她回來一、兩次，像蜻蜓點水般的每次停留一、兩天就又不見她的蹤影。

媽媽在李軍吃飯時走向佛前，雙手合實向佛說：「阿彌陀佛，諸佛菩薩，弟子李玉祈求諸佛菩薩佛光照耀、佛力加持給我們智慧、力量和勇氣知道怎樣幫助李軍，給李軍智慧讓他做個好孩子把書念好，以後不遭他爸爸打。也給李軍的爸爸智慧，讓他知道怎樣把李軍他們照顧好」。媽媽把大悲咒水給李軍喝，希望能讓他消災解難！媽媽總是不忘機會教育我們，這次也不例外。

媽媽說：「沒有媽媽照顧的孩子是可憐的，沒有媽媽照顧的孩子會變成怎樣？若走上歪路怎麼辦？」

　　媽媽又說：「如果那一天我離開你們，這個家就會徹徹底底的散了！我不敢想像你們會變成什麼樣？你們要聽我的話要盡你們的本分，學生的本分就是把書念好。做父母的本分就是把孩子照顧好，我會盡我的本分。我答應你們只要我有一口氣在，一定會好好照顧你們的。我已很努力要把這個家照顧好，我們要同心協力，一起努力排除萬難。不然；我若撐不下去，你們沒有媽媽就遭了！」

　　我們抓住媽媽的手對媽媽說：「媽，我們一定會聽您的話！」

15
匪諜

「為什麼我們不能寫信給在大陸的祖父母、阿姨、叔叔問問他們過的怎麼樣呢？」有一次我問爸爸。

「現在他們在中國大陸是受共產黨管，而我們住在自由的台灣，台灣是由國民黨在管。共產黨與國民黨是敵對的！如果我們有任何聯絡都會帶給他們麻煩，在台灣我們也可能會被認為是間諜；所以，我們不可以找這種麻煩！」爸爸說。

從1949年國民黨撤退到台灣以後，台灣與中國共產黨的關係一直很緊張，戰爭可能隨時會發生。在台灣與在中國的人民之間完全失去聯絡，我們之間的所有訊息都是聽別人說的。

我們聽說住在中國的大陸同胞是過著水深火熱的生活。他們吃不飽穿不暖。他們吃的是香蕉皮，生活在非常貧苦的環境下，等待我們台灣同胞去解救他們！我的腦子裡常常浮現一個問題：他們吃的是香蕉皮，那麼誰吃了香蕉呢？

　　不知道什麼時候，我們家有一台小的收音機。常常大家圍在收音機旁邊聽廣播劇或者聽歌唱節目。

　　有時候，我們有意無意的聽到大陸電台向台灣人民廣播，要台灣同胞投向大陸祖國的懷抱。我們便很快的轉到其他電台不敢再聽。聽說，如果我們聽大陸廣播被人舉報，會被抓去以間諜罪問罪。我們雖然很好奇想聽，但又不敢聽太久。台灣的電台也常常有向大陸同胞廣播的節目。廣播員拉高了嗓門說：「這裡是台灣中央大勝廣播電台，現在向大陸人民廣播……」

　　「親愛的大陸空軍弟兄們，你們現在生活在水深火熱之中，生活在苦難的環境裡。我們願意伸出援手，拯救你們脫離苦難！親愛的大陸空軍弟兄們，我們最近有由福州來的王敏，廈門來的韓定國，他們都唾棄大陸的領導，而一一投向我們自由台灣的懷抱。覺醒吧！親愛的大陸空軍弟兄們，若你們已準備好，請跟我們聯繫。來信請寄到香港筌灣郵政信箱188號，我們便會與你們聯絡。歡迎你們駕機起義來歸，等待你們的好消息並且預祝你們成功！」對於駕機起義來歸的大陸飛行員，台灣政府會給予一些黃金做獎金。幫助他們娶到美嬌娘並且安排他們有一份穩定的工作。

　　每隔一陣子總會有飛行員駕著飛機由中國大陸沿岸的省分飛來台灣。第二天各大報紙及廣播電台就以頭條

新聞刊出：「某某反共義士架米格15，17，19或21起義來歸！」飛行員的名字，年齡以及已婚或未婚，從那個省分來，他們對台灣的第一個印象是什麼？他們想做什麼？有什麼理想或夢想要實現等等都有詳細的報導。這些新聞在我們平靜、單調的生活裡增添了一些色彩與談論的話題。

　　一天中午正是吃中飯時間，媽媽正在忙著做午餐。一個乞丐走進我們家前院，他一手拄著拐杖，另一手拿了一個裝米的袋子。他的額頭包裹著一個米色的毛巾。他對媽媽說：「這位好心的太太，請行行好！我很久沒吃飯了！」

　　「好！我正在做午餐我弄一碗飯菜給你，你等等啊！」媽媽說。

　　「好心的太太，請你給我一些錢或一些米吧！」乞丐說。

　　「啊！你只要錢和米？」媽媽再次向乞丐確認。

　　「是的！請行行好，好心的太太！」乞丐一邊說一邊兩眼仔細的探視屋裡，好像在尋找什麼。

　　「我以為你說你餓了，我可以給你一碗飯，要錢？我沒有！」媽媽對乞丐說完之後，乞丐沒說什麼便離去了！

　　媽媽說：「我不認為他是乞丐，他可能是白天來看察地形和環境；到了晚上就來偷東西！」

　　爸爸下班回來；他聽我們說有乞丐來的事，爸爸說：
「這件事很奇怪。這個乞丐也去過朱伯伯他們那兒，沒有
人知道他的真實姓名，從那裡來？住在那裡？我們都在猜
他可能是間諜，是共產黨派來探查軍情的。他可能來探查
例如：這裡有多少戰鬥機？有多少坦克車？有多少駐軍？
駐守在那裡？以及大部分的人住在那兒？還有這裡的生活
情況等等。他把消息回報給共產黨，他們對我們的情況了
若指掌。這樣如果有戰爭的時候，中國共產黨想要拿下台
灣就易如反掌、輕而易舉了！」媽媽說：「是啊！說的有
道理！那個人看起來不像需要用拐杖。他走起來很正常、
也很強壯，要找個工作應該不會有問題的，不應該淪落到
當乞丐的。他可能真的是匪諜！」

　　當我們在學校的時候老師告訴我們要小心，小心匪諜
就在我們身邊。不要跟莫生人說話！如果看到可疑的人或
事就要報告給我們的父母或告訴老師。

　　有一次我們班上的一個同學在來學校的路上撿到了一
疊印刷品，他把它交給了老師，老師說那是可疑的共匪宣
傳單。老師把那些宣傳單拿走了，我們不知道上面寫了些
什麼？

　　1、2、3到台灣，台灣有個阿里山，
　阿里山、有神木，我們今年回大陸。

　　這是我們常常一邊玩跳繩，嘴裡一邊念的口訣。那天在吃飯前，我和一個鄰居女孩在玩跳繩她對我說；她的父母非常的想家，他們想要回大陸的家鄉。

　　「我爸爸、媽媽有時候也很想回大陸老家。是誰不讓他們回去呢？」我問她。

　　「我想是兩邊的總統，他們不要住在台灣和大陸的人有任何聯絡，我知道有些人他們有朋友住在香港或是住在別的國家，那他們就可以請這些在國外的朋友幫他們聯絡在大陸的親戚或朋友」她說。

　　「哦！是真的嗎？」我說。

　　「當然是真的囉！我爸爸、媽媽說其實中國共產黨跟國民黨並沒有太大的區別。我們沒有出版的自由、集會或言論的自由，也沒有旅行的自由。我們跟共產黨有什麼不一樣？」鄰居女孩說。

　　那天跟鄰居女孩聊天之後，回到家告訴媽媽我和鄰居女孩談論的內容，媽媽看起來非常的擔心，她說：「不要在公共場所談論你們不知道的事情！你們只是小孩子，說話要小心！特別是在公共場所的時候絕對不要談論政治問題！」

　　爸、媽說我們若說了反對政府的或是對共產黨有興趣的話，如果有人去舉報我們就有很大的麻煩，要是這些

事情被確認有罪的話就會被當成間諜罪來辦，所以我們說話、做事一定要小心謹慎！

　　有一段滿長的時間沒有看到那位乞丐了，我在想他是不是被抓起來了？或者已經平安返回大陸去了呢？我一直很好奇！

16
希望

　　大姊高中畢業後考上了私立大學。私立大學學費太貴，我們家沒有錢可以供她念書。大姊來我們小學當代課老師。

　　年長一輩的人都說：「不必給女孩子念這麼多書，」又說：「女孩子念這麼多書，花這麼多錢到最後還是要嫁人的，去姓別人的姓有什麼用！」

　　又說：「女孩子念太多書，自己的意見太多就不聽父母，不聽先生的話，還不如不要念書、不如早點嫁出去！」媽媽對這些朋友及長輩的意見不以為然。媽媽認為就是這些迂腐的思想害了她，讓她現在動彈不得，也讓我們陷入目前的窘境。

　　大姊代課完回到家還是不忘複習功課，她準備第二年的大學聯考。有幾個媒人介紹男孩給大姊認識，大姊也都跟他們約會過。但是，大姊還是想繼續念大學。

　　爸爸和媽媽都認為大姊對念書有興趣，在學校功課好，不繼續念書太可惜了。

第二年夏天，大姊考上了國立大學。學費比私立大學便宜很多。只有大約百分之八的人可以考上大學，要考上國立大學更是難上加難了。秋天大姊要到台北開始她的大學生涯，我為大姊感到驕傲。

媽媽已經標了一個會要給大姊繳學費。對一些沒有辦法存錢的人家來說標會是一個最好的方法，可以很快地得到一筆錢，以後每個月再慢慢地還。在大姊要赴台北念書的前幾個晚上，我看見媽媽把一個包著有金戒指和錬子的布包包打開，媽媽說這是他結婚時祖父母及家人給她的。

媽媽說：「這是有紀念價值的，不應該拿去典當！不過，沒關係！以後有錢再把它贖回來就好了！」媽媽喃喃自語的說。

媽媽說：「把這些東西拿去換錢，多少供你大姊繳點學費。」她看著手中的手飾長長地嘆了一口氣說：

「哎！誰會料到在這裡待這麼久呢？」

大姊愛念書她一心一意的想要念大學。我為大姊高興，她得到她想要的。這叫做有志者事竟成。

爸、媽說我們一定要支持大姊念書。她畢業後會找到一份好工作，會照顧我們這個家也會找到一個好人家嫁。

　　大姊到台北不知道多久了都沒有回來，我好想念她。

　　每天我看到郵差時都問郵差：「有沒有我們家的信啊？」郵差總是說：「明天！明天！」

　　去年大姊沒回家，今年還是沒聽說要回來！

17
喝喜酒

　　一個禮拜六的下午，下了課回到家。我把書包一丟正要往外面跑。

　　二姊問我：「你功課做了嗎？」我回答：「沒有！」二姊說：「你應該先把功課做完再出去玩！媽媽告訴我們，念書的人課業第一，做完功課再去做其它的事！」我回說：「晚上或明天都可以做啊！明天是禮拜天。」二姊說：「今日事，今日畢！今天可以做完的事為什麼要留到明天呢？如果明天正好有別的事要做那你該怎麼辦呢？」

　　我說：「好！今天做，就今天做，沒什麼了不起的！」我轉身，很不情願的把書包裡的作業本和鉛筆盒拿出來放在桌上開始做功課。

　　晚上媽媽下班回來說明天王叔叔要結婚。

　　媽媽說：「王叔叔跟我們在大陸是同鄉，是你爸爸的同學，我們又是他的媒人。王叔叔幾個星期前和你爸爸說好了，要你爸爸去當招待。今天他又特地的跑到我上班的地方親自邀請我，要我們明天一定要去參加他的婚禮，我們若不去參加就不好意思了！」媽媽要我晚上把功課做

好，明天要帶我去喝喜酒。

啊！二姊真是未卜先知啊！太了不起了！

晚上媽媽洗了兩個大的鋁製桶子。媽媽說王叔叔表示，如果我們不嫌棄的話，喜宴上有剩的飯菜我們可以盡量把它帶回來。

第二天爸爸、媽媽和我到了清清食堂。我們提早到達了餐廳，那是王叔叔和他的新娘子結婚喝喜酒的餐廳。我們把帶來的兩個大的鋁製桶子放在廚房。

爸爸展開了一長串鞭炮，他把那長串的鞭炮掛在一個很長的竹竿上。媽媽和我把糖果和瓜子放在每一個圓桌上，每個桌上已經鋪好了紅色桌布。媽媽說結婚用紅色是表示吉祥、幸福和喜氣。圓的桌子表示圓滿和快樂是沒有終止的。

新娘車抵達了餐廳的門口，在王叔叔和他的新娘子還沒有下車之前爸爸把鞭炮點燃了。那鞭炮聲劈哩啪啦的響徹雲霄！媽媽和我用我們的雙手掩住我們的耳朵。

在餐廳裡一對新人坐在最前面一桌的主桌，在他們的背後牆上掛著一個金色紙剪出的心形大囍字貼在紅色的布上。

所有的客人坐定以後酒席就要開始了。酒席還沒開始我想要把桌上的糖果帶一些回家，我問媽媽可不可以？

媽媽說：「現在不行，等一下如果有剩的就可以帶回家！」

等一下？這就是我所擔心的，如果等下沒有剩的呢？

酒席開始了！菜一道道的上了，大約有十道菜。很多伯伯、叔叔們開始發酒令划拳，輸的人要罰喝酒。有些叔叔、伯伯喝了太多酒滿臉都紅了。席間，媽媽把我介紹給來來、往往好多阿姨、叔叔、伯伯們，還有他們的孩子們。媽媽夾什麼給我，我就吃什麼。我從不拒絕食物。直到媽媽說：「好！可以了！我看你今天吃的夠多了。吃太多，肚子吃太撐不好！」我照著媽媽的意思把碗筷放下，

不再吃了！我吃的好飽好飽哦！除了過新年以外我很久沒吃過這麼多、這麼好吃的食物了。

酒席結束！客人陸續的回家了！媽媽和我到廚房去把我們帶來的兩個鋁製的大桶子拿了出來。

媽媽說：「來！我們把這條魚帶回家；這條魚只吃了一半。這碗竹筍湯，還有這盤合葉包。好！你把這些糖果都包起來帶回家吧！」當我在包糖果的時候，我看到媽媽把酒席上的剩菜幾乎全部倒進了鋁製的桶裡。我們真的是滿載而歸！

一回到家微微與麗麗早在家門口迎接我們回來。妹妹們歡喜的接過我們手中的食物說：「給我拿！給我拿！」又說：「給我拆！給我拆！」妹妹們爭相搶著吃我們包回來的食物。我把糖果給兩個妹妹還有雲姊。姊妹們把糖果包在手帕裡說要留著明天再吃。

我告訴他們：「還有很多好吃的食物沒帶回來，因為已在酒席上被吃光了！」微微向媽媽抱怨說：「為什麼每次喝喜酒或是去叔叔、阿姨家吃飯總是只帶青青去？」媽媽說：「因為，我要青青吃飯；她就吃飯。我要她叫人，她就叫人。她很聽話又有禮貌！如果你也聽話下次我就帶

你去！」

　　媽媽說我們給王叔叔的結婚禮金足夠讓我們買三天的菜，不過還好的是，我們帶回來喜宴上的剩飯、剩菜也足夠我們吃兩、三天了！

18
患難中學習

　　有一天在課文裡我們學到有個故事是說：「一隻白羊站在橋的那一端要過橋，一隻黑羊站在橋的這一端也要過橋。而這座橋的寬度只夠一隻羊通過。兩隻山羊互不相讓走到了橋中間，爭先恐後的搶著要過橋，最後這兩隻山羊一起跌落到橋下！這個故事是告訴我們要「互相禮讓」。

　　另一天，在課文裡我們學到老萊子。老萊子非常孝順父母，當他已經六、七十歲時，還常常想盡辦法逗他的父母高興歡喜，一輩子陪伴在父母左右，照顧他的父母。

　　老師說：「百善『孝』為先。當父母還在的時候，我們應該住在父母附近，這樣我們就可以就近照顧他們。這就是我們所說的父母在！不遠遊！我們小的時候父母照顧我們，當他們年紀大了，就是我們回報他們的最好時機！」老師又說：「我們要做社會有用的人就要先從『孝順』父母做起，如果我們最親近的父母我們都不愛、不尊敬、不順從，我們怎麼可能愛別人、尊敬別人？如果我們在家是個好孩子，到了學校就容易成為好學生，將來出了

社會就容易成為社會有用的人。很多正直、美好的人格都是從『孝順』父母之中培養出來的。」

又有一天課文的故事是說：「有一個富翁看到他的幾個兒子常常不合、互相言語傷害感到很是傷心、失望。他給了每個兒子一人一雙筷子要他們折斷筷子，每雙筷子很容易的都被折斷了。富翁又把十雙筷子弄成一把給他的兒子們折。

他們之中沒有人可以把這把筷子折斷！

富翁告訴他的兒子們說：「你們要相親相愛！團結才會力量大！」他的兒子們為自己的行為覺得很慚愧，相擁而泣！不再自私自利！

那天，上完課老師說：「各位小朋友！等一下我們會聽到空襲警報響。大家不要慌！那是防空演習，是為了敵機來襲所做的預先練習，以免真的敵機來時我們會不知所措！」

「好，各位小朋友等下警報一響，我們就全班起立，然後；從第一排先走，第二排跟著，再來第三排，然後我們進防空洞。一班一班的進去。進了防空洞之後，我們要將兩個大拇指按住耳朵，左右手的另四個指頭蒙住眼睛。這樣萬一有轟炸的碎片就可以降低耳朵及眼睛受傷」

……嗡……嗡……

老師說：「好！各位小朋友現在空襲警報來了，請照我剛才所說的一排排的往教室外走。不要說話，請保持安靜！」當一班一班的學生進入防空洞後，大家安靜了約兩、三分鐘後，雖然，防空洞裡很擠、很窄，有的小朋友開始在泥地上玩彈珠、打紙牌。我和幾個小朋友跪在地上畫畫直到警報解除。

放學回到家，我立刻向媽媽報告學校發生的事情，我對媽媽說：「我們今天又有防空演習，聽老師說共產黨的敵機可能隨時來襲。所以，我們要隨時準備好！」

有好幾年我們幾乎每個學期都有防空演習。我喜歡防空演習；防空演習不是每天的例行學習課程，滿好玩的！

微微問媽媽說：「如果我們的炸彈打過大陸去不是會打到我們叔叔、舅舅、阿姨和姑姑嗎？如果他們丟炸彈過來不是會打到我們嗎？為什麼我們要和叔叔、舅舅他們打仗？」

「……」媽媽沉默不語。

19
新年

　　春去秋來，歲月如流，一轉眼冬天又來了。媽媽給我穿上了姊姊們穿了太短的大衣。這件大衣除了袖子太長、肩太寬、長度也太長了以外，這件大衣我穿起來簡直像是穿了一件大長袍子。

　　「這樣長一點、大一點好，裡面還可以多穿兩件衣服可以保暖，過幾年還可以穿！」媽媽把我大衣的袖子折了好幾折笑著對我說。

　　媽媽原本每天的家事已經相當忙了，而越是逢年過節的季節媽媽更加辛苦與忙碌。每到過年媽媽總是會自己做年糕。她把已經泡了一個晚上的糯米拿到鄰居陳媽媽家去磨，有幾次我跟著媽媽到陳家去磨糯米。整個村子只有陳家有磨子。

　　那次媽媽要我坐在一個小凳子上，當她把東西都準備好了我坐著離磨子不遠的地方看著媽媽磨糯米。媽媽先把米放入磨子上端的一個孔，再放了幾瓢水便開始轉動磨子了。媽媽推磨子上的把手，繞著磨子一圈、兩圈、三圈的磨糯米。

這個磨子上下部分都是石頭做的推起來很重。有幾次媽媽差點推不動，陳媽媽很快的跑過來與媽媽一起推磨子。磨好的白色米漿經由磨子上的溝流入磨子下方的布袋裡，布袋是放在一個大的桶子裡。回到了家媽媽用一塊大石頭壓在裝有米漿的布袋上，等到水大概都脫乾了再把它弄成圓扁形，像一塊大餅去蒸，蒸好了那就是年糕。等它涼了隨時要吃再切塊裹麵粉炸來吃。

農曆十二月初八媽媽也做「臘八豆」。它的製作程序比做年糕還要多。臘八豆對我們家來說是炒菜的重要調味料，增添菜的美味！

若經濟上許可，媽媽會答應我們的要求做湖南香腸、臘肉。那年我們沒有足夠的錢做香腸和臘肉。媽媽買了很多的豆腐與肉混在一起又加了一大堆的辣椒做了香腸。每天我們把香腸拿出去曬太陽，曬了幾個禮拜香腸差不多乾了，再將所有的香腸用松、柏樹的枯枝燻過。微微對媽媽說：「媽！你新發明的豆腐香腸好辣、好好吃！」我們都認為媽媽的豆腐香腸做得很成功。

新年快到了，我對媽媽說：

「新年我要買新衣服和新鞋子！隔壁鄰居的小朋友都有新衣、新鞋，就是我們沒有！」媽媽看了看我腳上的黑色鞋前端已經完全穿成灰色了。她對我說：「嗯！好，讓我看看！我們也許可以買新的。」

第二天早上，媽媽對我說：「青青，我們今天到街上逛逛吧！」

我興高采烈的說：「好！」

媽媽帶我到了鞋店，我看上了一雙旁邊有鞋扣的紅色鞋子，媽媽幫我穿上後，問我：「穿得舒服嗎？站起來走一走！」我說：「嗯！很舒服！」媽媽說：「喜歡嗎？」

我說：「當然，我很喜歡！」我們接著去挑了一件毛線衣，黑色與橘色相間的毛衣。

媽媽說：「來！來！穿上，我看合不合適，」

穿上後，我說：「媽，袖子太長了，太大了！」

媽媽說：「長才好，把袖子折起來，這樣再過個兩、三年你還可以穿！」媽媽說：「好！就這件吧！」

回到家，微微吵著，哭著對媽媽說：「不公平！不公平！為什麼青青有新衣又有一雙新鞋，就是我沒有？」媽媽說：「他的鞋子壞了，你的鞋還新新的不必換。青青的所有衣服穿不下以後都是你的！」

玲玲對我說：「妳吵的很兇，媽媽受不了只好給你買你要的！」

每年過年除夕夜我們都吃火鍋。火鍋裡放了各種料，其中的蛋捲是我們的最愛。在除夕前幾天爸爸會把蛋皮做好，把碎肉、蔥花的料調好，我們全家大小一起幫忙包蛋捲。一捲、一捲捲好了之後，再去蒸，蒸熱了之後，再切大約2英吋寬。一塊塊投入火鍋。火鍋裡還有冬粉、茼蒿菜、丸子等等。這一塊塊的蛋捲加點湯頭喝起來真是人間美味！　梅乾菜蒸肉、煙燻豆乾炒大蒜、香腸、蒸肉餅、蒜苗炒湖南臘肉、豬肝炒韭黃、魚、蝦、紅燒雞等等也是我們每年過年一定要吃的菜。

　　新年要貼春聯。我們幫忙爸爸一起把「春聯」貼在門上。春聯是用紅色紙（紅的底色），用毛筆左邊寫著「天增歲月人增壽」，右邊寫著「春滿乾坤福滿門」，門上橫批寫著「積善之家慶有餘」。我們在米缸上也貼了用紅色紙寫的一個「滿」字，是希望在新的一年裡不會有缺米的現象。

　　除夕夜，在大家都坐定要吃年夜飯之前，爸爸把一大串約八到十英呎長的鞭炮點燃之後，我們便開始吃年夜飯。菜排的滿滿的在桌上，我們吃每道菜，只有魚我們碰的比較少並且留到初一、初二以後才吃。這樣一條魚從除夕夜、三十晚上吃到跨過了新年還在吃，表示我們家「年年有餘」每年都有剩餘的。年夜飯桌上一定要有年糕，吃年糕表示年年高升。

年夜飯後，爸、媽總會給我們壓歲錢；一人一個紅包。我們晚上睡覺時把紅包壓在枕頭底下。每逢除夕夜，父母會給子女壓歲錢。據說古時有個叫「祟」的鬼怪猖獗，到處殘害小孩。人們怕祟來傷害孩子，整夜點燈不睡，就叫「守祟」。「祟」到處傷害孩子時，孩子們可用父母給的壓歲錢來賄賂它，從而逢凶化吉。

由於「祟」與「歲」諧音。我們現在稱壓歲錢。長輩在春節給孩童壓歲錢的習俗依然盛行，含著祝福和鼓勵的意思。

年初一；媽媽說不可以打破任何東西。新年的第一天長輩們及我們互相拜年，互祝「恭喜、恭喜、恭喜發財、新年快樂、萬事如意」。媽媽要我們小孩在大年初一不要出門，年初一我們吃長年菜（芥菜），吃起來有點苦苦的。在新年裡我們吃年糕（年糕是用糯米做的）年糕是糕，但是並不發酵。媽媽說年初一不出門，吃長年菜可保一年平安。這是媽媽他們在大陸過年時外婆總是要媽媽他們這樣做。

那年有人會來玩龍、耍獅子。爸爸、媽媽決定要邀請他們來我們家玩龍、耍獅。爸爸把紅包放在竹竿上，再把竹竿靠著大門口的屋簷放著。舞龍、耍獅的人在進我們家院子時爸爸點燃鞭炮，龍與獅就同時舞了起來。舞龍、耍獅的人在我們家大門口，院子裡，一會兒在地上滾，一會

兒跳起來接龍珠，玩了幾分鐘要結束前，獅子把紅包吞進肚子裡，並且面對著我們頻頻點頭，以示謝意，背向著我們家大門慢慢的後退離去。玩龍耍獅的目的是為了除舊佈新與討個吉利。

媽媽也提醒我們：「過新年，不確定是不是好或吉祥的話就不要說，不可以亂說話，目的都是為了討個吉利！」過年裡，有很多叔叔、伯伯與姨媽們來我門家拜年，我們姊妹們在新年裡也拿到了不少紅包。過年前，媽媽已經給了我們一個小豬存錢筒。媽媽要我們養成儲蓄的好習慣，不要亂花錢。鄰居有很多小朋友把壓歲錢拿去買鞭炮，我拿了一些紅包裡的錢去買了些零食，還買了平常吃不起的碎牛肉乾加辣椒（包在一個小塑膠袋約一吋寬三吋長，一包五毛）吃起來真是好香啊！我不想把紅包的錢全部放入豬寶寶肚子裡，然而為了不讓媽媽失望；雲姊，我和妹妹們都存了幾毛錢在塑膠小豬存錢筒裡。

20
軍人的第二代

村子裡十戶中有九戶人家，不是他們的兒子念軍校當軍人，就是他們的女兒嫁了軍人。

強強，朱伯伯的大兒子是二姊的乾弟弟。強強在學校的功課總是名列前茅，他的爸媽認為念軍校當軍人是最直接的方式報效國家，他們讓強強去念軍校。強強周末一有假就回家，他一回家就會來拜訪我們。念了軍校以後強強的跳舞技術變得更高強了、也很會打籃球、功課又好、又有禮貌。我們都很喜歡他。二姊喜歡參加舞會。二姊不大會跳舞，強強很自然的成了二姊的舞技指導老師。

那是個周六下午，強強回到家沒多久就到了我們家。他穿了一身白色海軍制服，制服燙得很完美沒有太多皺紋。他兩眼直視，走起路來是一條直線。他面帶笑容、充滿自信、看起來神彩飛揚！

他教二姊跳舞，三姊、四姊和雲姊都很專心的看著他們跳的每一個舞步。強強告訴我們在海軍有很多規矩，例如說：在吃飯的時候特別是吃魚，魚是不可以翻過來吃

的。在海軍他們也很迷信。他們認為把魚翻過來就好像是把船翻過來一樣，那是不吉利的！如果有誰把魚翻過來吃被發現了會受到很嚴重的處罰！強強談論的每件在學校的事，我們姊妹們都聽得非常的入神也很感興趣。他總是在我們家待到吃晚飯時間才回家。

二姊常常參加舞會，她好幾次要我和她練習跳舞。二姊晚上有約會又要去跳舞了。她非常興奮的抓著我練習跳舞。二姊要我當男生，她當女生。我們跳ChaCha、扭扭（Twist）、華爾滋（Waltz）、Tango，（slow, slow, quick, quick, slow.）小學二年級我已經學會了跳大部分交際舞的基本舞步。二姊穿了一件蘋果綠的洋裝。裙子的長度到小腿，她看起來好漂亮。二姊歡歡喜喜的去參加晚上的舞會。

如果我表現好，二姊有時候約會會帶我去。她約會的男孩總是會問我要吃什麼？有一次我要吃芭樂。她約會的男孩買了一個大芭樂給我；那個芭樂我要用雙手才拿得起來。那是個很大的芭樂。我吃了好久、好久都吃不完。約完會後，二姊和她約會的男孩和我，我們一起坐三輪車回家。

有一次二姊帶我去約會。約完會後二姊和她約會的男孩（他是個軍官）他們帶我到鎮上有名的米糕店吃竹筒子做的米糕，吃完了以後二姊問我：

「怎麼樣？好吃吧！這就是我們所說的竹筒米糕，這是全鎮上最有名、又好吃的小吃！」我說：「啊！當然好吃嘞！我覺得能吃到這種食物真是好幸福啊！」以後，只要說要到鎮上我就會想到這家小吃店的筒子米糕，不禁讓我垂延三尺！

左右鄰居們知道二姊已經十八歲，紛紛介紹男朋友給二姊。二姊在媒婆介紹下認識了二姊夫。他們約會了一陣之後決定要結婚了。在結婚前，媽媽好幾個晚上坐在床前與二姊交談甚久。二姊夫是軍官（少校）。他們結婚之後要住高雄。二姊要離開我們了。

二姊結婚後有時寫信回來，她告訴我們二姊夫常常被派去外島，去那個島不能說。是什麼任務、確實什麼時候去都不能說；都是祕密。任務完成後就可以說他去了那個島。

二姊有時候會寄一些軍人吃的乾糧給我們。我們收到包裹後都很興奮。吃到乾糧的那一刻更是覺得好滿足、好幸福、好溫暖！

一陣大哀嚎、尖叫聲畫破了寧靜的下午天空。我與微微飛快的尋著聲音跟到杜家門口，杜家裡裡、外外已經擠滿了人。好幾位鄰居媽媽們去扶杜媽媽，但是她就是站

不起來。杜媽媽坐在地上，她雙手不斷的捶著胸、捶著地哭著、喊著：「我的兒啊！冤枉啊！老天怎麼這樣對我啊！老天爺不長眼睛帶走了我唯一的兒子啊！我苦命的兒啊！帶我走！帶我走！我也不要活了！還我兒來！還我兒來！」

我從來沒有看過一個媽媽或任何人坐在地上像杜媽媽哭的這麼悽慘、這麼傷心絕望、痛不欲生。看來杜媽媽是崩潰了！也顧不得什麼形象了。

台灣的男孩到了十八歲除非有正當的理由，都要至少當一年十個月的兵。不論任何兵種，當他們知道抽到要去金門當兵時，他們都認為是被判了死刑；因為金門是一個與中國大陸最靠近的小島。上次杜哥哥休假回來跟姊姊們聊天時說，大陸每天都會丟炸彈到金門；金門也會丟炸彈到大陸。由於情勢緊張，金門的駐軍有的住在坑道、有的住碉堡而不是住在房子裡。有時候有些軍人會被派任務游到對岸（大陸）去取一隻槍或鋼盔返回才算任務達成，而對岸，有時候也會派類似任務給他們的軍人游到金門來。駐在金門每天都有生命的危險。他們的父母、家人每天都過得提心吊膽。有些人兵役服滿由金門返回台灣者那真可說是死裡逃生呀！

很多父母不願意讓他們的兒子去服兵役，更不願意

讓他們的兒子到金門去送死。一些有錢人想盡辦法把兒子送出國念書或以各種理由留在國外，就可以逃避兵役的問題。

當杜哥哥抽到要去金門服兵役時，杜媽媽已經哭天喊地的大哭了一次。幾個月前杜哥哥回來要再反金門時他向大家說再見，卻沒有想到杜哥哥這一去卻成了永別！

杜哥哥是一個愛國的男孩，聲音宏亮兩眼有神！他很有禮貌、很樂觀！從不抱怨去金門。杜哥哥幾次從金門回家來總是津津樂道談起金門的總總。

杜哥哥為我們的國家、為了保護我們而失去了他的寶貴生命。

21
不打不成器？

升到三年級以後我們的級任導師換成楊老師了。楊老師發完考試卷後，開始一個個叫名字。

「這是在做什麼？」我問前面的小朋友，

「老師要修理考不好的同學了！聽說這個楊老師很會打人，他有很多修理人的花招！」同學說。

「啊！我的天！」我說。

「把手伸出來！」楊老師對站在他前面的那位小朋友說。

老師拿了一根細的藤條，他要那位小朋友把手心翻過來，那位小朋友照著老師的意思把手心翻過來。手心朝下；手背朝上。

老師說：「好！不要動！」說完，便開始用力的抽打那位小朋友的手背。那位小朋友被打的當場嚎啕大哭！

過了一會兒老師叫另一位同學到講台前接受處罰，她要那位同學轉過身來，面向大家。

老師說：「站好，不許動！」老師用鞭子打他的屁股，每打一下那位同學就在原地跳了起來！老師一連打了

好幾下。現在老師叫另外一個同學出列到台前，要處罰他！老師拿出了一隻鉛筆要那位同學把手伸出來。老師把鉛筆放在那位同學的第一和第二隻手指的中間，並且用力的夾他的兩隻手指頭。這位同學開始哀嚎、哭泣著。老師並沒有因為他的哭泣而停止。老師繼續夾著他的手指，直到那位同學的十個手指頭都被夾過了才停止！

我們看的心驚肉跳的，老師真是極盡羞辱之能事。有位同學在旁邊開始哭了起來。

老師問那位在哭的小朋友說：「你哭什麼？我又沒有處罰你！」在那一刻，我覺得我們像是被放在切菜板上的一塊肉，任人宰割！無處可躲！無處可逃！

回到家，告訴媽媽老師處罰小朋友的事。

「我可不可以不要去上學，我會乖乖的在家裡！」我問媽媽。

「如果老師要處罰你，你告訴他除了打手心以外，她不可以打你其他任何地方。上次有個老師打小朋友耳光，結果那個小朋友被打了一個耳光以後，從此就聽不到了！跟你們老師說如果他想打你其他地方請他先來問問我同不同意？我不會讓他這樣做的！打傷了誰負的了責？」媽媽越說越生氣。

「好好念書！老師不會那樣處罰你的！你儘管放心去

上學，不要怕！」媽媽又說。

　　最近，老師在做家庭訪問，每個小朋友家楊老師都要去拜訪，老師與學生家長一起瞭解學生。這樣才知道怎麼幫助學生。老師要班長，其他兩個小朋友還有我跟著一起去做家庭訪問。每個小朋友在前一天就知道老師第二天會去並確定家庭訪問時父親或母親在家。

　　班上有將近五十個學生。老師下午下課後才開始拜訪，一天只拜訪五、六個學生。要花好幾天才可做完所有小朋友的家長拜訪。

　　當我們與老師一起做家庭訪問時，有幾位家長對楊老師說：「老師！如果我的孩子不乖、不聽話或是考不好，你可以儘量打！我把我的孩子交給你了！」我聽到這些話感到非常擔心！看來！這幾位家長他們不瞭解他們的孩子會受到什麼樣嚴厲的處罰！

　　那天輪到楊老師要來拜訪我們家。下課回到家確定媽媽在家，便在家裡等老師來，心情越來越緊張！不知道老師和媽媽會談我什麼事？班長先來我家說老師已經離開前一位小朋友家，現在正往我們家方向來。

　　老師和媽媽談不到十分鐘便要告辭。

　　媽媽說：「如果我們家的孩子不乖，老師可以打手心。不要打其他地方！」

　　楊老師向媽媽允諾：「好！好！我知道！」我覺得很難為情！我還沒有犯什麼錯他們就已經盤算好要怎麼修理、處罰我！

　　這次家庭訪問應該算是成功的。至少，我沒有再看到楊老師處罰小朋友時打小朋友的手背或者夾小朋友的手指頭了。

22
從朝會到吃拜拜

每天早上早自習後有朝會，除了唱國歌、升國旗、唱國旗歌之外，朝會總是有幾個老師上台輪流說話，一說就將近一個小時。有時候天氣好熱！站在大太陽下每個人都汗流浹背、汗流滿面的。常常朝會才到一半總會有幾個小朋友昏倒，然後大家趕快把昏倒的小朋友抬到教室或陰涼的樹下休息。我常常希望自己若能昏倒的話就可以不必站在大太陽下，不就可以到樹陰下休息了。然而，這件事從來沒有發生。

朝會時老師上台說話不外是報告環境，那一班得了打掃第一名、什麼時候月考、什麼時候演講比賽、書法比賽。他們總是有辦法講那麼久。

在朝會結束前我們做十分鐘配合音樂的體操。有時候我們跳土風舞。老師說朝會是為了鍛鍊我們的體力、耐力。我們將來要做個頂天立地、服務他人的人就要鍛鍊出健康的身體。

若是下雨，我們的朝會就在走廊舉行，沒有大太陽比

較好些;但是,兩手背在背後兩腳直立站著,同樣的姿勢四、五十分鐘也是很辛苦的事。朝會結束前總有一、兩個老師輪流上台呼口號。

老師說:「各位小朋友我們現在來呼口號,大家跟著我呼口號!」

老師說:「實行三民主義!」我們跟著說:「實行三民主義!」

老師說:「消滅俄共思想!」我們跟著說:「消滅俄共思想!」

老師說:「打倒萬惡共匪!」我們跟著說:「打倒萬惡共匪!」

老師說:「解救大陸同胞!」我們跟著說:「解救大陸同胞!」

每天朝會楊麗雪排隊時都站在我旁邊,我們在教室裡的座位也是在前、後排的位子。過幾天就是農曆七月十五(中元節)了。楊麗雪邀請我們七、八個小朋友去她家吃大拜拜(吃大餐)。農曆七月十五的大拜拜主要是請那些看不到的朋友、好兄弟吃飯,包括她們家已經過世的祖先們,誰餓了都歡迎到她們家來共進晚餐。是要與那些看不到的朋友們結善緣。

楊麗雪常常有漂亮的鉛筆和橡皮擦,她的鉛筆盒的樣

式也很特別。她總是梳著兩個乾淨整齊的辮子來上學，每天都有零用錢買零食。

楊麗雪邀請我們去吃拜拜的時候就已經跟我們講好了，在大拜拜的那天，當我們進了她們家大門就不要說話、不要交談。大家靜靜的吃，吃完了以後要離開時也安安靜靜的離開。桌上的食物都不要碰、也不要帶走。她會事先準備好一些東西給我們帶回家。主要的用意是：那些看不到的朋友也許還在用餐，這樣我們就不會打擾到他們，也比較有禮貌。

楊家有一個很大的曬穀空地，她們家有幾塊田，稻子收成後她們就把它放在曬穀空地上，那天在曬穀的空地上放了十幾桌，客廳、每個房間都有兩、三桌。我和七、八個小朋友同坐一桌。每個房間、走廊都燈火通明。她們家真可以說是賓客滿堂。

楊麗雪的家人頻頻進屋裡來，看我們吃的怎麼樣或者缺什麼。

通常我們吃飯一定會說很多話，這次從頭到尾我們完全沒有出聲，靜靜的吃，也不斷的注視著別人。吃飯不能說話感覺上有點怪怪的。這是個很不一樣、很特別的經驗，也算是多了一種見識。

　　很少看到這麼多食物堆在桌上是讓我們吃的。我們吃完後楊麗雪還準備了些食物給我們帶回家。

　　哦！好羨幕楊麗雪生活在富裕的家庭，有這麼多食物自己吃，還可以請人吃。希望我們家在不久的將來也可以像楊麗雪家一樣，可以自給自足還有多的東西可以與別人分享！

23
吃活菜

「喂！快來呀！已經都準備好了！」一位鄰居媽媽的聲音。

「哦！好，來了，馬上來！」另一位鄰居媽媽回答著。

「只要拿自己的碗筷來，就可以開始吃了！」一位鄰居媽媽說

「好，好，來了！來了！」另一位鄰居媽媽回應著。

村子裡謝媽媽約了好多人家，好多大人和小孩到他家吃活菜。他們已先把豆瓣醬與碎肉炒熟了之後放入鍋裡。當大家圍在鍋爐邊時再把茼蒿菜放入鍋內與所做的醬加在一起煮，和白飯配著吃。吃熱騰騰的活菜在冬天裡更有一番風味！

好多人從謝媽媽家進進出出的，我們家並沒有被邀請。微微、麗麗妹和我回到家裡。媽媽看著我們，我們看著媽媽。我們還沒有說話，媽媽先開口了。

媽媽說：「你們想吃活菜？」微微、麗麗和我回答

說：「嗯！」媽媽說：「好！過兩天我們也來吃活菜，好不好？」

微微說：「好啊！那麼多人在謝媽媽家吃活菜，我們可不可以去？」

媽媽說：「謝媽媽今天請的客人都是他們在大陸貴州家鄉結拜的姊妹們」微微說：「媽，你也可以跟她們結拜姊妹呀！這樣我們今天就可以吃活菜了！」

媽媽說：「他們結拜的好姊妹都是從大陸貴州來的同鄉，我們是從湖南來的，不是貴州，你忘了嗎？」

微微說：「哼！小氣鬼以後我長大請客，只要想吃的都可以來！」

微微問媽媽：「我們弄活菜來吃好嗎？」媽媽說：「好！明天吃！你們今晚就好好的待在家裡不要往外跑，我答應你會弄活菜給你們吃的！」麗麗妹問：「為什麼不能今天吃呢？」媽媽說：「今天？今天？今天賣菜的都收攤了，要等明天才有菜可以買。」媽媽似乎想找一個比較好的理由拖延。

麗麗又問：「什麼時候是明天？」我對麗麗說：「睡一覺起來就是明天了！」麗麗說：「好！那我現在就睡覺！」麗麗閉上眼睛假裝睡著了。

麗麗說：「哦，我睡了！」過了一會兒麗麗張開眼說：「哦！我起來了。現在是明天了嗎？」麗麗一面說一

面笑咪咪的張開眼，期望著馬上我們就可以吃活菜。

媽媽對麗麗說：「要等太陽下了山，我們去睡覺。再等太陽出來的時候我們也起床，那就是明天了！」

麗麗聽完後，很配合的對媽媽說：「好！媽，那我們明天吃活菜！」

媽媽若有所思的說：「好！好！」

過了一天、兩天、一個禮拜我們都沒吃活菜，想來媽媽應該是沒有錢買肉來做活菜。

媽媽有自尊。她知道我們想吃活菜。但是，如果她不答應給我們吃，我們會跑到謝媽媽家門口看別人吃。她不要我們這樣做，因為，那樣會傷我們的心也會真正傷了媽媽的心。幾個月後，如媽媽所應許的，她做了活菜給我們吃。

24
養子不教誰之過

那晚我們這裡來了小偷。有人報了警，警察來了。警察要每家檢查，看看大家丟了些什麼？

我們家丟了一大串乾辣椒。

四姊笑著說：「這小偷若不是個笨蛋，那麼他一定不住在我們家附近。不然，他絕對不會笨的到我們家來偷東西。我們家根本沒東西可偷！」

媽媽說：「看來！這小偷家的環境比我們家還窮，連乾辣椒都要！」

一天天的過去了。聽鄰居們說警察抓到了那天晚上的小偷。他是鎮上一個生意人的孩子，一個高中學生。他的爸爸知道了這件事之後非常的懊悔！他每天為了賺錢，為了給他們的家更好的生活環境卻沒有花時間教育孩子。而這個孩子的媽媽溺愛孩子，對於孩子的所作所為總是給予支持；在他小的時候，有一次拿了同學的橡皮擦並且占為己有。老師告訴他的媽媽，他媽媽非但沒有糾正這個孩子的行為，沒有教他明辨是非，反而不高興的對老師

說：「老師啊！只不過是個小橡皮擦嘛！不必這麼大驚小怪！」……這次算是大事一件。我們這村幾乎每家都被他光顧。他喜歡的東西就拿走了！有些人家東西被翻亂了並沒有丟掉什麼！聽說，這個高中孩子可能會被關起來。鄰居們都在談論這個孩子的將來。他們說：「近朱者赤、近墨者黑，這孩子如果真的被關了起來，他會和那些朋友互相學習，他的前途就完了！」

媽媽說：「小孩就像一張白紙你怎麼教他，他就會成為怎樣的人。有時小孩的行為只是好奇、好玩。然而，讓孩子自己隨便去發展就很可能走錯路。父母的責任也要教育孩子「是非善惡」。當父母知道孩子有不正確的想法或錯誤的行為時，父母要立刻指正孩子才不會誤了孩子的一生。」媽媽說：「父母有責任教導孩子，做孩子的也要聽父母的指導。要聽父母的指導才不會吃虧！」

25
同樂會

　　期末考完學期快要結束了。楊老師要算成績會很忙，她要我們明天除了自習外，我們要開一個同樂會。老師要我們儘可能每個人帶一樣吃的跟同學分享，並且每組要派代表說故事、唱歌或跳舞。

　　第二天，我們的班長上台說話。他要我們照老師的意思先六至八人一組，桌子排成回字形之後，要每組派代表上台表演。楊老師帶了兩個大西瓜，切了一片片的分給每個小朋友。我們這組有人帶香蕉、有人帶包子、有人帶糖果。我什麼都沒帶，我沒有告訴媽媽同樂會的事。

　　一位小朋友上台說故事。他說：「我要說一個人為財死，鳥為食亡的故事。從前有一個年輕人，他聽人說在某個村莊裡有金銀滿地。只要你到了那個地方，要多少金銀財寶都任你取、任你拿。唯一的問題是那地方的溫度太高，很少人能活著回來！這個年輕人願意冒著生命的危險去取金銀財寶。結果這個年輕人不幸熱死了。有些鳥聽到

有人死了的消息，認為這是個可讓它們飽餐一頓的大好機會，它們認為只要飛快一點應該不至於熱死。很不幸的是，這些鳥為了飽餐一頓也不幸熱死了。這就是人為財死，鳥為食亡的故事」故事說完。那位小朋友站在台上向大家深深一鞠躬，便下了台。

大家鼓掌以示鼓勵。

另一位小朋友說：「我要說一個關於矛與盾的故事。從前有一個小販在市集上賣矛與盾。矛是一種兵器，而盾是可以抵擋矛的器具。這個小販說：「大家來啊！來買我的矛與我的盾啊！我的矛是世界上最鋒利的兵器可刺穿世界上任何東西。我的盾可以抵擋世界上任何兵器。」有個路人走過來問這位商人：「如果我買了你的矛與盾，是你的矛可以刺穿你的盾？或者是你的盾可以抵擋你的矛呢？故事說完了！謝謝！」大家齊聲鼓掌。

另一組大家推薦了一位小朋友上台表演。她功課好、雙頰白裡透紅很漂亮，大家都很喜歡她。當她上台時，大家已經先鼓掌了一陣。她上台唱了一首歌，唱完之後大家又是一陣掌聲。她的歌聲很甜美受到大家歡迎。我們都以能成為她的朋友為榮。

又一組也推薦了代表上台表演。他說：「我要說一個懶人的笑話。有一個懶人，他的太太要回娘家好幾天，於是他的太太做了一個大餅把它穿在繩子上綁在懶人的脖

子上，這樣懶人的太太可以回娘家懶人還有食物吃。幾天後，懶人的太太回來了，發現懶人餓死了。綁在懶人脖子前面的餅吃完了，脖子後面的餅完全沒有動。因為；懶人實在是太懶連用手波動一下餅都不願意。故事說完，謝謝！」哈！哈！哈！笑聲稀稀落落，掌聲也稀稀落落！因為；這個笑話我們已經聽了很多次。

　　輪到我們這一組了，大家推來推去。後來他們要我上台代表演出。我很願意表演，但是又擔心讓他們失望。我上台跳了二姊教我跳的恰恰及扭扭，口中一面哼著恰恰及扭扭的音樂。我看到台下有一、二位小朋友蒙住了他們的眼睛，不太敢看我跳舞。下台後有幾個小朋友問我怎麼會跳這種舞？在那兒學的？有一位小朋友說：「這是交際舞，是大人跳的舞！」有一位小朋友當場要我教她怎麼跳，我答應放學後到她家再說。我們到了她家，她興致勃勃的學。從那次起我們成了上學、放學的好同伴。

　　第二天，有位小朋友在背後說我連走起路來都扭的厲害！之後，每次我路過那位在背後說我「連走起路來都扭的很厲害」的小朋友前面時，我快速跑過以免他在背後批評我的走路姿勢。

26
大姊回來了

郵差帶來了好消息，大姊寫信回來說暑假會回來。我們全家都好興奮。大姊回來的那天我們要做ㄛ阿煎給大姊吃，那是我們大家投票認為最好吃的東西。

今天是大姊返家的日子。我們左等、右等大姊怎麼還是沒回來。我提議去火車站接大姊也許她有些東西我們可以幫忙提。

雲姊說：「別急！別急！三姊和爸爸已經去接大姊了，等一下馬上就到家了！」話才說完，看到爸爸和姊姊們拿著大包、小包的禮物和行李回來了。我告訴大姊：「我們食物做好了不捨得吃就等你回來才一起吃！」大姊看到我們都在大門外迎接她，大姊笑得好燦爛！

晚上飯後聽大姊說她在台北的一些有趣經驗和想法，大姊說：「爸爸，我們教授說如果有錢，我們要在台北市買地、買房子。台北市是首都，大家都會在台北置產。人會越來越多，需求是增加的。但是；地的大小沒有改變。

所以，以後台北的房價會節節增高。」爸爸說：「我們不在這裡長住，沒有需要在這裡買房子！」

「我們什麼時候可以回大陸？」姊姊們問爸爸。

「我們隨時準備反攻大陸，解救大陸同胞！」爸爸說。

大姊說她在台北新店的最大一家電子廠上班，每個月可以有大約台幣900元的薪水。除了可以繳房租還有餘錢存起來，可以繳一部分學費。大姊在台北半功半讀。三姊六月分已在清清中學畢業了，三姊這次會跟大姊一起去台北念書。大姊也有一個伴。

大姊買了兩張童謠唱片給我們。每天我跟著唱片一遍一遍不斷的練習。

長亭外，古道邊，芳草碧蓮天，
晚風桿柳笛聲殘，夕陽山外山，
天之涯，地之角，知交半零落，
一觚濁酒盡餘歡，今宵別夢寒。

爸爸對我說：「如果你念書的態度也像唱歌一樣；這麼盡心盡力、全力以赴的話就好了！」

　　隔壁鄰居向我抱怨說：「天哪！你好吵啊！可不可以停一停，休息兩天讓我們耳朵清靜一下！你大姊不應該買唱片給你們的！」

　　除了姊妹們和隔壁鄰居認為我太吵以外，大姊聽我不斷的唱著她給我們童謠唱片的歌，她的臉上堆滿了笑容。我唱的很快樂，很盡興！

27
到汪家吃中飯

雲姊以及她們好幾個同學應汪婷婷的約要去汪家吃
飯。雲姊要帶我去。汪家是在另一個比較遠的村子，走路
大約要三十分鐘。媽媽說：「你們可以一起去。但是，記
得要在天黑之前回來！」

到了汪家，汪伯伯正在廚房忙進忙出的，飯桌上已排
滿了菜，婷婷介紹我們給她爸爸認識。
汪伯伯笑著對雲姊和我說：「你們一個像爸爸，一個
像媽媽。我和你爸爸在同個單位工作。他很樂於助人又熱
心！」雲姊和我不知道該說什麼，只是坐在那裡傻笑。

婷婷的媽媽在隔壁的鎮上上班，每周末會回來和他們
相聚。婷婷有四個哥哥，她是家裡唯一的寶貝女兒。家裡
的大、小事由汪伯伯一人包辦。

汪伯伯安排我們坐下來。雲姊她們同學和我加上婷婷
和汪伯伯剛好把桌子坐滿了。汪家的四個哥哥全部都站著

吃。

汪伯伯說：「把位子讓給女孩子坐這樣才叫紳士！這樣才對！」汪伯伯很客氣的招呼我們、幫我們裝飯。

汪伯伯問我們：「合不合口味？」

我立刻說：「合口味！簡直是太棒了！」

汪伯伯很客氣，看我們快吃得差不多就夾菜給我們每個人。他說白菜、蘿蔔是他親手種的，很新鮮！要多吃一點。我們沒有說太多話。大家都吃得很專心，倒是汪伯伯一直有說不完的話。

雖然左、右有兩隻大的電風扇不停的轉動著，我們每個人還是吃的滿身大汗。汪伯伯他擔心我們不好意思吃，會沒有吃飽。除了不斷夾菜給我們外，汪伯伯說：

「飯菜一定要吃乾淨，不可浪費！一粥一飯，當思來處不易！」又說：「若不吃完，將來會嫁一個大麻臉先生。」雲姊聽了立刻勻了點湯倒在飯碗裡，這樣所有剩在碗裡的飯菜和湯就一下子全喝進了肚子裡。飯碗就非常的乾淨，沒有浪費。

看到雲姊這樣做，我也如法炮製。我們都不介意多喝點湯。汪伯伯做的每道菜都很美味，吃完了還回味無窮。

吃完午餐，汪伯伯拿出了一個大西瓜，他切了西瓜；

婷婷把西瓜一片片的分送到我們每個人的手中。我們吃得好飽好飽！我都有點走不動了。之後，我們坐在汪家門前的大樹下輪流說故事。我吃得好飽；覺得好滿足！當一陣陣的微風吹來，在炎熱的夏天裡真是一種享受。我坐在竹涼椅上好想睡！好想睡….我聽到有人說：「從前，從前，在山的那一邊……zzz……zzz……」

28
寫毛筆字和升學考試

　　那學期我們開始學寫毛筆字。爸爸帶我去選了兩支羊毛做的毛筆，一支寫大楷，一支寫小楷。爸爸教我怎麼抓筆、怎麼把毛筆頭對著自己的鼻子、教我怎麼點、怎麼提筆、怎麼下筆用力。

　　在學校走廊上的公佈欄裡意外的發現玻璃框框起來供大家欣賞的那些四、五、六年級的作文及毛筆字作品之中；竟然有我寫的毛筆字在其中。我感到有些受寵若驚，重拾了一點自信心。寫毛筆字的時間慢慢減少，為了要考一個理想的初中和高中，大部分的學生把他們的時間花在念書上面。

　　下午自習課老師要班長「記名字」，她要去辦公室一時不會回教室，她要班長在這段時間把說話、走動、不

自習的小朋友名字記下來。有時候老師拿到名單後會打名單上的小朋友，一人打一下。有時候會罰名單上的小朋友做更多功課。老師在很多情況下非常兇狠。有時候他念名單上的名字，然後狠狠的說：「你們要小心點！有空我會修理你們的！」

那天，雲姊她們全班被老師罰青蛙跳，聽說被罰跳教室五圈。很多人跳完後一時站不起來。但是，為了有一個好的將來大家還要繼續留在學校晚自習。

我問雲姊她們為什們被罰？

雲姊說：「我們很快就要進入升中學的大考了，這次一半以上的同學都退步了，考不好。老師說這樣下去會考不上中學。」我問雲姊：「老師他們不是告訴我們說『行行出狀元的嗎？』為什麼又逼我們念書念成這樣子呢？為什麼我們一定要受這種處罰才能成龍成鳳？難道我們就只能念書不能做一點別的事嗎？只要我們有一技之長就有機會成功，不是嗎？」

雲姊說：「沒錯，你想要做什麼呢？我們都還小，現在除了念書大概也沒有什麼可以做的了！」雲姊她們升學班近來每天都帶兩個飯盒，一個中午吃，一個晚上吃，吃了晚飯繼續在學校用功，為了要考上理想的初中而努力。

已經下課了，但是還有一個高年級班教室的門被關得

緊緊的，聽說是整班被老師體罰，他們不要被別人看到。有時候我們看見高年級班的老師體罰學生；有的被罰面壁思過，有的被罰跪在地上雙手舉著一張椅子。

天哪！這簡直就是？為了升學考試學生都要過這樣的生活嗎？受這樣處罰就可以考到理想的分數嗎？教育局也常派督學到學校來視察！並且不贊成老師處罰學生太嚴厲。

暑假和秋天的晚上露天電影院常常放映免費的電影。暑假爸爸、媽媽有時候帶我和妹妹們去看免費的露天電影。在我們看露天電影之前，爸爸、媽媽叫我們一定要穿長褲，然後每個人帶一把扇子，一邊站著看電影、一邊搧著扇子；同時，不時的站在原地踏步以驅趕蚊蟲，不致被蚊蟲叮咬！

玲玲姊和雲姊為了考好升學考試（高中，初中）他們已經很久沒有看電影了。常常在上學的路上我問自己：「當我們念到五、六年級的時候，我們的學生生活會有多可怕？真是不敢想像！」

運氣還算好！沒有多久聽說雲姊那屆以後，台灣開始施行九年國民義務教育。大家都可以從國小直升到國中，就不必考初中升學考試了。得到這個消息之後，楊老師不再像以前那樣嚴格地體罰學生。她甚至連我們每天的家庭作業有時候都懶得檢查了。

29
到張家過夜

　　四姊的同學張家美約四姊周六去她家過夜。張家美與四姊是清清中學的同班同學，四姊要帶雲姊和我去張家過夜。張家美的姊妹們不論我們在學校、在路上或在任何地方見到他們，他們總是面帶微笑和我們禮貌的打招呼。他們都是成績優秀的好學生。張家美她爸爸的官階比爸爸大，他們比我們過的富裕。他們爸爸看起來和藹又可親。我們每個人都很興奮可以到她們家玩。

　　期待的一夜總算來臨了。我們梳洗乾淨，帶著興奮的心情到了張家。我們玩遊戲、聊天、一起看雜誌「學生王子」。他們訂了「學生王子」雜誌。我們玩連連看、走迷陣、猜謎。我們玩到很晚才捨不得的去睡。

　　我們姊妹三人加上張家姊妹三人全部擠在一張大褟褟米床上。我們向排隊一樣，一個個排列整齊，一個靠近一個的睡在床上。我們都是中、小學生，這張褟褟米床剛剛夠我們全部躺在上面。

不知道是幾點，大家都已熟睡了雲姊把我搖醒。張家美的爸爸回來了，還帶了好多的包子。我們每個人都有一個好大、熱騰騰的包子可以吃。想不出有什麼更溫暖的感覺可以和在冬天裡吃熱騰騰的包子相媲美的了。啊！真是太幸福了。

當大家正在你一言、我一語的討論包子有多好吃，正在吃的津津有味。我們聽到張家客廳傳來張家美的姊姊哭聲。張家美的爸爸回來在客廳正在用皮帶抽打張家美的姊姊。他爸爸沒有說一句話。我們坐在房間的褟褟米床上，全部安靜下來！沒有交談！

張家美的姊姊不斷的哭喊著：「不敢了！不敢了！下次我再也不敢了！不要打我，不要再打我了！」在寂靜冬天的夜裡，張姊姊的哭聲顯得更大、聲音更清晰。手上握著熱騰騰、原本美味的包子，第一次讓我體會到什麼叫「食不知味」。

那晚之後，我在路上、在學校見到她們姊妹，她們都很難為情的微笑一下便很快的離開！唉！我寧願我們沒去過她們家過夜。原本以為這次到她們家過夜；我們的關係會更接近。

沒想到；我們與張家沒法成為接近的朋友；反倒成了陌生人！

　　最近張媽媽的婆婆身體不舒服，張媽媽這幾天又到婆婆那去照顧婆婆。張家父母感情融洽、家庭幸福。張家的小孩每個都聰明、聽話、功課又好。只要張媽媽不在家，張家姊妹便承擔起燒飯、洗衣、打掃的責任。她們都是乖孩子。

　　媽媽知道這件事之後，連連嘆氣，嘆了好幾聲！

　　媽媽說：「唉！男人出手重，打孩子會把小孩打傷的。祈求觀世音菩薩佛光加披、慈悲、憐憫、幫助張家的孩子們！阿彌陀佛！阿彌陀佛！」

30
是競爭還是流行？

　　鄰居們一家接一家的買了電視。小學四年級我迷上了看電視。每天晚上七點準時跑到鄰居家。我們看新聞，看唱歌節目，三朵花接唱。周日下午有歌唱節目群星會。有一次微微和我到了陳媽媽家，那裡已經有很多小朋友，大家站在紗門外對著陳家客廳裡面看電視。我和妹妹也加入了行列。大家一面看電視還不斷的交談著，說話聲音很大聲。節目正在進行著，陳家的女兒走過來把他們家的木頭門一關，我們沒有辦法繼續看節目了。我覺得有些丟臉，大家沒有說什麼就各自分散回家了。

　　回到家，媽媽知道了剛才發生的事。媽媽說如果人家不歡迎；那麼你們就不應該去。要有骨氣一點！有一天我會買電視給你們的。每次當我看到媽媽的時候，她若不是忙著洗衣服、忙著做飯、不然，就是坐在客廳的牆角在編草帽。她唯一的娛樂就是一邊做家事一邊唱著歌或者偶而跟金媽媽去菜場買菜。

　　第二年，如媽媽承諾的；她給我們貸款買了一台新的電視機。媽媽說看電視是可以的；條件是要先把功課做好。

　　隔壁鄰居訂了報紙，我每周日向他們借三大張報紙一字不漏的全部看完。我也迷上了看報章雜誌。我看到了一則新聞，一個資優學生，生活在富裕家庭，沒考上理想的高中而自殺的消息。我告訴媽媽我看到的那則新聞。媽媽說：「自殺是萬萬不可以的！身體髮膚受之父母，不可以隨便損壞！」媽媽說：「這孩子以為他自殺死了就算了，他沒想到他的父母會多麼傷心。再說如果陽壽未盡，陰間沒有辦法安排他的去處（時間沒到）。而陽間他已離開，那他就沒地方去。他的靈魂就到處飄，沒地方收留他，就成了孤魂野鬼。所以自殺死亡的情況是很可憐的。」媽媽又說：「有什麼事應該跟父母商量，人生在世不如意事十之八九，多少都會碰到困難。要面對問題！沒什麼事解決不了的！這次考不好，明年再考嘛！尋短見！就一點成功的機會都沒有了，這不是太傻了？尋短見，只會讓愛你的父母、家人和好朋友們傷心。特別是白髮人送黑髮人是很不孝的！」

　　不久前，有一家人買了大同電鍋之後，鄰居們家家買大同電鍋。最近鄰居們又陸陸續續的一家接一家的買了電冰箱。隔壁李家也買了一個電冰箱，為了要知道為什麼需

要電冰箱，電冰箱到底有多好？我很好奇！特別要求李軍的弟弟讓我參觀一下他們家的冰箱。

李軍的弟弟很乾脆的說：「好啊！來！來我們家給你看看我們家的冰箱！」李軍的弟弟把那中型，比他高了大約二個頭的冰箱打開。

「冰箱裡面怎麼是空的？」我問李軍弟弟，

「對呀！應該是要放剩菜、剩飯的！但是我們家的飯菜幾乎每餐都吃光了。所以，沒東西可以放呀！」李軍弟弟說。

「那這樣插著電不是浪費電嗎？」我問。

「不會啊！我們可以做冰塊！還可以放水，水放了一陣之後就會變的冰涼的！」李軍弟弟說。

「你們家有喝冰水喔？我們家從來都不喝冰水耶！」我說。

「我們家也沒有人喝冰水，他們都說太冰了！但是，我喝啊！還有，有的時候我出去玩回來，外面好熱喔！我只要把冰箱打開往這邊一站，一下子我全身就變得非常的涼快、舒服！」李軍弟弟說。

「哦！原來是這樣啊！瞭解了！」我回答。

有一天，鄰居的一位伯伯下班回來，他手中提了一個

鳥籠裡面有兩隻鳥。聽說這種鳥的名字是十姐妹。鄰居伯伯說這種鳥很容易養，這是他們家的寵物。如果養得好，他們可以養得更多，然後；也可以拿出去賣錢。

　　自從這位伯伯帶回來兩隻十姐妹之後，鄰居們又不約而同的、陸陸續續的買回了十姐妹鳥在家裡養。隔壁李軍的弟弟跟我說他爸爸已經答應他了；過一陣子他們家也要買鳥來養。

　　我在想這到底是競爭？為了方便？還是時尚流行呢？

31
可憐的男孩

　　村子裡我有很多玩伴，有的年齡比我大、有的年齡比我小。有有是我們村子裡和我同年的玩伴。有時候他贏有時候我贏，玩起來也比較有趣。因此；做完功課後我們常常玩在一起。有有的姊姊與雲姊是同學。有有的爸爸和爸爸很談得來，他爸爸有時候工作上有問題時會找爸爸一起討論、解決。

　　那天晚上雲姊和我被邀請到有有家過夜。我們都玩得很高興，這是暑假裡第二次被邀請到他們家過夜了。第二天有有及他哥哥還有好幾個村子裡的男孩、女孩們大家一起要去抓蚌殼，我也要跟著他們去。雲姊要去同學家，她不去抓蚌殼。

　　我們來到了一個小溪邊，每個人都很專心正忙著用各種工具去撈河裡的蚌殼。突然之間一個大男孩往我這裡衝過來。他長的很高！我的頭大約在他的腋下。還沒弄清楚怎麼回事那男孩已經站在我面前並且給了我一個巴掌。

他兩手插著腰對著大家說：「我已經告訴過你們；踩到我
們家種的菜我會不客氣的！」頓時，全場安靜下來。我對
自己說：「我那有踩到什麼菜呀？大家都在這塊地上走動
不是嗎？」我以求助的眼神望著有有和他哥哥。他們很快
的把臉轉到另一個方向，他們的表情看來好像什麼都沒發
生，他們什麼都沒看見。我期待有有或他哥哥會幫我討回
公道，他們沒有安慰我也沒去向打我的男孩討回公道。
我很難為情的立刻跑離了現場，快到家門口我才開始嚎啕
大哭！爸爸、媽媽從來沒有伸手打過我們。今天我不該去
的，在這大庭廣眾之下被人羞辱，卻沒有一個人替我主持
公道、正義！越想越生氣！真是太冤枉了！以後出門沒有
雲姊跟著我絕對不去！如果今天雲姊跟我一起去的話，她
絕對不會容忍別人這麼欺負我的。

　　傍晚，飯菜上了桌大家正準備要吃晚飯時，有個男孩
站在我們家紗門外對著媽媽說：「好心的太太，請幫忙訂
一份報紙好嗎？」

　　「好不好？請幫幫忙，好心的太太！」媽媽說：「謝
謝你！他們念書時間都不夠，沒空看報紙。我很忙！對不
起！你到別家試試看吧！」就在此時，我立刻認出這位男
孩，他竟然是今天下午在小河邊的菜園裡打我的那個男
孩。我們眼光交錯，他也認出我了。他迅速的低下頭來，

在那一刻那個男孩看起來是如此的謙卑。真是前後判若兩人！

那男孩轉身慢慢的離去。

媽媽說：「我們家這麼困苦，我還是堅持你們一定要念書。你們看看這個男孩，如果他的父母讓他念書，他不可能留這麼長的頭髮還要到處兜售報紙。衣服穿得這麼破舊，到處都是補丁，連腳上也沒有一雙鞋。我們過得困苦，有人比我們過的更差。我們要知足了！」

我有一個想法：「快！快告訴媽媽，讓媽媽好好修理他一頓！」但是；又有一個想法：「算了吧！他不過是個可憐蟲！」

「快點！快點告訴媽媽！」

「算了吧！算了！」

「快點！」……我的內心掙紮著。

看著，看著……這個男孩的身影漸漸的走遠了……

32
暑假

暑假到了，一位善心鄰居問我暑假要不要去紡織工廠打臨時工？

「臨時工？」聽起來一點也不好玩。相反的我有些擔心，擔心不知道該怎麼做或會不會做？我不想去，但是想想至少可以賺點錢，我應該要去，於是答應鄰居我要去。

媽媽問鄰居：「青青在工廠要做些什麼呢？」鄰居說：「她不會有機會碰任何機器的，別擔心！青青是我的小助手。」

工廠裡所有工作人員的年齡都比我大。除了我的鄰居以外，我和這些工作人員之間沒有太多交談，時間像老牛拖車一樣的慢。我只是把工廠裡丟棄一捲捲的線，有的還可以使用的再撿回來繼續讓他們使用。我當鄰居的助手，她要我做什麼我就做。有時候我的鄰居騎腳踏車帶我上下班、有時候我自己走路去；走路回來。有一次我騎爸爸的腳踏車。才上了一個禮拜的班鄰居的助手生病返回上班，我的打工生涯即告終止。

打工結束後大部分的時間雲姊、微微、麗麗、我以及

鄰居小朋友們在一起玩，有時和媽媽一起做手工。

那天是暑假的返校日，有位男同學邀請我去他家做功課。

第二天我帶著暑假作業簿還有鉛筆盒正要出門，微微妹要跟我去。我便帶著她一起去同學家做功課。在同學家的大圓餐桌坐了下來，我們攤開了自己的暑假作業簿開始做功課。功課快做完的時候我看見他們家的餐桌後面放了一個很大的盆子；盆上蓋了一些報紙。

我好奇地問那位同學：「那是什麼？」他告訴我說：「那是豆沙！我爸爸、媽媽晚上做豆沙包要用的豆沙。」他爸爸每天早上在上班之前都會騎著腳踏車到附近的村子裡去賣豆沙包、包子和饅頭。

我說：「哇！這麼大一盆豆沙吔！豆沙看起來好好吃喔！我可不可以吃一口！」

同學很大方的說：「可以呀！當然可以！」我立刻用我的手指頭挖了一大塊豆沙往嘴裡塞！啊！好吃唷！正在享受豆沙的美味時，看著微微妹安靜的坐在我旁邊。

我對同學說：「我妹妹也要吃一口，可以嗎？」同學面有難色，遲疑了一下說：「好啊！」我迅速的也挖了一口豆沙給微微吃。然後，很快地把報紙又蓋回盆子上。微微吃完豆沙開始哼起歌來了。我加入微微一面哼著歌、一

面做功課。這位男同學笑容滿面的也一邊寫作業、一邊跟著我們哼著歌、左右搖擺著頭。做完功課後我們在他家院子一起玩丟沙包、跳房子的遊戲。

　　暑假裡，有一次媽媽帶著我和微微去菜場買菜。我們經過香味四溢的米粉攤時，油蔥香味加上米粉湯香味，我不由得的把口水往肚子裡吞。

　　我和微微異口同聲的說：「好香！好香啊！」說著說著，我們就站在米粉攤前不肯離去。我們望著媽媽，媽媽猶豫了一下說：「好吧！坐下吧！」媽媽找了兩張小椅子要我和微微坐下。

　　「老闆娘！我們這裡要一碗米粉湯！」媽媽對賣米粉湯的老闆娘說。我與微微倆歡喜的坐下來，你一口、我一口的吃。媽媽站在旁邊看著我們高興的吃米粉。吃完米粉後我們才開始買菜。

　　有時候媽媽要我與雲姊去市集買菜。學著怎麼樣用少的錢支配家用。我與雲姊拿了十塊錢不知要買什麼好。豆腐加番茄，綠豆芽，這兩道菜幾乎是我們每天吃的菜。因為；可以用比較少的錢買比較多。有時候我與雲姊也炒菜做中飯、晚飯。我們聽媽媽的建議在市集快結束的時候去可以撿到便宜。如果媽媽給我們多一點錢，我們有時候可以買一點肉回來。肉炒豆腐乾加芹菜，一面炒香味已經充

滿了廚房。

媽媽買了一些豬大骨頭。那是只有骨沒有肉的排骨，偶而有一兩小片的肉掛在骨頭上。

晚上在餐桌上麗麗妹有些惱怒地對媽媽說：「我要吃的是有肉的那種骨頭，今天的骨頭一點肉都沒有！」

媽媽對麗麗說：「好！好！下次我買你要的那種好嗎？」

時間過得真快暑假結束了！

開學了！老師問大家在暑假裡做了些什麼事？有誰志願站起來向同學報告。

一個小朋友站起來說：「我很高興在暑假裡學會了游泳！」

另一個小朋友站起來說：「我和家人到台北圓山動物園，還去了陽明山。我們去台北媽媽的朋友家住了三個多禮拜，是一個快樂、難忘的暑假！」

「還有誰？有什麼特別要向大家報告的嗎？」老師說。我覺得老師的眼睛一直盯著我看，想要我說什麼？

我要說什麼呢？去菜市場買菜？學做菜？做手工？還是去打臨時工？我不確定同學們是否喜歡聽這些事情？說不定他們會嘲笑我。我什麼都沒說。

33
十隻小雞

　　媽媽買了十隻小雞並且買了一個竹籠，十隻小雞就關在竹籠裡。每天早、晚我們會餵一些穀子、米糠給它們吃。雲姊、微微和我剛剛開始時搶著餵小雞，餵了一段時間我們互相推拖不想餵。

　　媽媽說：「你們是三個和尚挑水……沒水喝！」我們問：「為什麼三個和尚挑水會沒水喝呢？他們應該有很多水喝才對呀！」媽媽說：「是啊！是應該要有很多水喝才對。但是呢！因為，每個和尚都在等另外兩個和尚去挑水，結果到最後沒有一個和尚去挑水，所以，當然他們也就沒水喝了！」還好的是每天總會有人想起要去餵小雞們。

　　媽媽說，這些小雞長大後可以賣錢而且還會生雞蛋，我們以後就不必花錢買雞蛋了。

　　看著看著，這群小雞已經漸漸長大並且開始生雞蛋了。每天早上，我們總是能在雞籠裡撿兩、三個雞蛋。每隔一、兩天媽媽會炒一次番茄炒蛋或者一人吃一個荷包蛋。媽媽說過兩天我們要選一隻雞來打牙祭！（大餐一頓）又說，過一陣子要挑五、六隻雞去賣。這樣我們就有

額外的錢可以買我們喜歡吃的食物了，然後，留個幾隻再養一陣子。這些雞長大了會生雞蛋，有了雞蛋就可以孵出小雞，雞長大了又可以賣錢。只要有了雞我們的好日子是指日可待的。我們都認為這是一個很棒、很完美的計畫。每天我們姊妹們又開始興致勃勃、積極、主動的餵這十隻雞，小心照顧它們！小雞一天一天的長大了！

一天早上，我被很多人的說話聲吵醒。

「我們家竹籠裡的十隻雞全部都不見了！」雲姊說。

「不見了？怎麼會不見的呢？」我問。

「小偷偷走了，在一夜之間十隻雞全部都被偷走了！」媽媽說。

「說也奇怪；怎麼會這麼靜悄悄的就偷走了十隻雞呢？至少會有雞叫聲啊！怎麼會一點聲音都沒聽到呢？這小偷也真的是太厲害了！真是有本事！不知道這個小偷是怎麼辦到的？不過可以確定的是他很聰明！只可惜沒有用到正途！」媽媽說。

我們的希望落空了！我們現在的情況真是屋漏偏逢連夜雨。

「放心！我不會讓你們挨餓、受凍。我們會撐下去的！天無絕人之路，我們很快會苦盡甘來的！」媽媽一面說、一面搖著頭，她的神情非常失望！無奈！

34
豆腐乳配稀飯

　　早上我們吃糖泡飯，中午吃醬油泡飯。已經快晚飯時間了廚房裡還是靜悄悄的，看來今晚不是吃醬油泡飯、糖泡飯、不然就是吃麵疙瘩了。想起要吃這些食物我一點食慾都沒有。

　　「我們可以吃豆腐乳配稀飯嗎？」我問媽媽。

　　「你想吃豆腐乳？可以啊！我想想看……好！你們去金媽媽家，他們家的豆腐乳好吃，對不對？」媽媽說。微微和我都點頭同意。媽媽給了我們一個籃子，要我們把豆腐乳放在籃子裡提回來，並且說到時候她會跟金媽媽算錢。

　　到了金媽媽家，金媽媽正在忙著做生意。金家餐桌上已放著四個菜一個湯，好香啊！金媽媽和金伯伯是爸爸媽媽的同鄉，又在同樣的單位上班，他們成了好朋友。金媽媽的小女兒是我的同學。她嘴裡吃著零食，同時與另外幾個小朋友正在忙著玩捉迷藏的遊戲。

　　金媽媽拿了一個最大罐的豆腐乳給我們放在籃子裡。

　　金媽媽囑咐我們要小心提。不可以跑、不要打翻了！

　　微微和我籃子一人提一邊。一路上微微和我討論著；我們應該建議媽媽也開一個像金媽媽家那樣的雜貨店。有了小店我們就什麼都有了，就什麼都不用擔心了！多幸福啊！微微和我都認為這是個好主意。

　　走了好一陣子總算到家了。微微和我向媽媽提出了我們想開小店的想法。

　　「這件事有很多問題存在！」媽媽說。

　　「會有什麼問題？」微微和我異口同聲的問，我們望著媽媽。

　　「我們一定會幫你的！」我說。

　　「我知道你們會幫我，」媽媽說。

　　「爸爸和金伯伯是同樣的階級，不是嗎？」我問。

　　「是啊！」媽媽說。

　　「金媽媽他們可以有一家小店，為什麼我們不可以呢？」我很急切的問。

　　媽媽說：「金媽媽有那家店是有她的條件，她們住的地方沒有第二家像她們一樣的小店。金媽媽每天早上五、六點起來坐車去提貨，她們家的孩子自己都可以去上學。而我們家就不同了。我們家的孩子有還在包尿布的，隨時都要換尿布。我們旁邊就有一個大的市集，而雜貨店已有兩、三家。如果開了店沒人來買就沒有錢賺，那麼雜貨店

要怎麼維持、怎麼生存下去呢？」媽媽又說：「不是別人做的事我們就可以做，我們與他們的情況和條件不同。」微微和我聽到媽媽所說的回答並不是我們所期待的，我們感到相當的失望！

　　晚上我們全家的晚餐，是吃熱騰騰的稀飯加豆腐乳。

35
走一步算一步

家中除了每個月固定的「配給米」以外，媽媽說：「我已身無分文，現在才過了上半個月。還有半個月要怎麼過呢？」並且說：「你們不能每天吃醬油泡飯啊！你們需要營養。唉！我們現在是走一步算一步，過一天算一天了！」

「媽！我們可以再來一個會呀！這樣我們不就有錢了？」我對媽媽說。

「來會？我們已經標了兩個會，現在每個月我們還在繳會錢，那有多餘的錢再跟一個會？」媽媽說。

媽媽帶著我跟雲姊說是要去想辦法。

「如果這個辦法可行，我們晚餐的菜就有著落了！」媽媽說。

走著走著我們來到另一個村子。這一區的眷村都是日本式三房兩廳的塌塌米建築物。前院有很大的綠色草皮，院子有五、六呎高的花樹當圍牆，院子裡都有高大的樹夏天好乘涼。這區住戶的官階都是少校，中校或上校以上。

我們來到了江媽媽家門口。

「到了！到了！」走著走著媽媽說。

「你們在外面等，等一下我就回來！」媽媽說。

「我們為什麼來這裡？這是江老師家，」我問雲姊。江媽媽有兩個女兒都是我們學校老師。

「這就是媽媽所說的想辦法，媽媽要向江媽媽借錢。媽媽不要讓別人知道她向人借錢的事；她怕會丟面子。所以，你要保守這個祕密，不可以對任何人說這件事！知道嗎？」雲姊說。

「好！知道了！我一定會保密的！」我說。我和雲姊站在江媽媽家花樹圍牆外焦急地等待著。我們的兩眼一直注視著江家的大門，期待著媽媽隨時會出來。不一會兒媽媽出了江家大門，滿臉笑容、神情輕鬆。看來是借到錢了！

「你們晚餐想吃什麼？走！我們到前面村子的小店去買菜！」果然媽媽開口說話了。

「我要吃五香豆干！」我對媽媽說。我與雲姊一路走、一路跳著。我們買了約十吋長一吋厚的豬肉和一些豆干、還有一些青菜。

那天晚上我們飽餐了一頓。

自從那次借錢事件之後，每次見到江老師我的感覺很奇怪。我相信她一定知道媽媽向她們家借錢的事。

媽媽向江家借錢以後，媽媽拿了更多的手工回來做，

有些鄰居也在做手工。媽媽不再編草帽了，因為；草帽廠付的工資較低。我們開始做塑膠廠的手加工品。有時候我與姊姊、妹妹們也加入媽媽的加工行列。塑膠廠已經在塑膠皮上壓印好了他們要的部分。我們把工廠要的塑膠皮撕下來。有時候工廠壓的印子不太深，用手撕不下來，我們就必須用剪刀才能把它剪下來。媽媽撕了太多的塑膠皮，雖然戴著手套她的好幾個手指頭的皮都裂開了。她在破皮的指頭上貼了幾片紗布，用膠布粘起來後再戴上手套又繼續做加工。這樣才可以撕快一點。

大姊、三姊在台北念書，二姊出嫁了，四姊念清清中學課業很多，常常上課到很晚才回家。清清中學雖然離我們家遠了一些，然而它是附近城鎮大家嚮往的第一志願好中學。媽媽不要四姊幫忙做太多家事，要她專心念書。麗麗與么妹太小，弟弟只是一個小奶娃，只有雲姊、微微和我可以在課業做完後幫忙做點加工。

每天只要媽媽一醒來除了煮三餐、做家事之外，她就一直坐在客廳的角落不停的做手工。雲姊和我偶而會幫忙做飯菜，媽媽每天還是洗米、洗菜、煮飯主導三餐。當媽媽洗米、洗菜時，媽媽說：「特別在寒冷的冬天裡；每次當我的手浸泡在水裡時；破皮的手指更加疼痛！」然而她說：「我可以忍受！只要你們有個好的出路、好的將來，吃這些苦都是值得的！」

36
父子騎驢

　　有一天，老師邀請我們班長還有幾個同學去他家玩。在老師家的後院有一顆大的芭樂樹。是一顆結石累累的芭樂樹。老師允許我們去摘樹上的芭樂吃。大家非常雀躍的、紛紛的開始摘好吃的芭樂。我興奮的爬上了樹並且物色到好幾個大的、一定會好吃的芭樂，當場我就摘了一個吃。哇！這個芭樂真的是又大又甜啊！可以和外面菜場買的芭樂媲美！

　　同學們紛紛物色他們喜歡的芭樂，並且每個人都多帶了一些芭樂回家與家人分享。我帶了六個芭樂回家跟媽媽及姊妹們分享。啊！真是個快樂又豐收的一天！

　　回到家我問媽媽：「為什麼我們家的芭樂這麼小，這麼苦？而老師家的芭樂又大、又甜呢？」媽媽說：「因為，我們家的芭樂還沒有成熟你們就迫不及待的把它摘下來吃！」

　　第二天，有兩個同學拒絕跟我說話。我問他們為什麼，是怎麼回事？他們說昨天每個人都只摘四個芭樂帶回去，而我卻摘了六個帶回家，並且說他們不跟貪心的人做

朋友！

　　我問自己：「我貪心嗎？我只吃一個芭樂其他的我跟家人分享！我錯了嗎？」我覺得很失望！他們根本不瞭解我。我又能說什麼呢？我沒有再做任何解釋，便速速的離開了！自從那兩個同學說我貪心之後，我覺得很孤獨、失望了好幾天。我唱著大姊給我們的唱片裡其中的一首歌：

　　長亭外，古道邊，芳草碧連天，晚風扶柳笛聲殘，夕陽山外山。天之涯，地之角，知交半零落，一壺濁酒盡餘歡，今宵別夢寒。

　　這首歌聽起來很感傷！我體會到在這廣大、浩瀚的宇宙之中有這麼多人，確沒有幾個是我的知心朋友。那種感覺真的好孤獨！

　　有一天，在我們小學課本裡的一個故事，父子騎驢的故事突然之間浮現在我腦海裡：

　　以前，有一對父子要去市集，手頭上唯一的交通工具就是一頭驢。父子倆牽著驢往市集走。

　　路人說：「為什麼有驢不騎呢？好笨唷！」於是，兒子就騎上了驢。

　　沒想到，有人說：「這孩子真是不孝，自己騎在驢子上而爸爸卻走路！」因為，怕別人說他們，於是兒子很快的讓父親騎上了驢，自己走路。結果，又有人指責的說：「這個爸爸真是虐待孩子，讓孩子走路自己卻坐在驢子上！」於是他們便一起騎上了驢。沒想到他們還是遭人非議，說他們虐待動物。

　　這對父子對於這些來來往往人的評語、想法真是不知道該怎麼辦才好。

　　這故事告訴我們說，不論我們怎麼做都沒辦法讓每個人滿意。我們對自己所做的事要有自信心！

　　這一次，我從學校的教科書裡找到我在生活中怎麼處理事情的答案。感謝爸爸、媽媽讓我去學校念書。

37
抗拒貧窮的鬥士

五年級上學期我繳了＄29元的學費。班上還有另外兩個同學也繳＄29元學費，其中一個是王美蘭。比較起班上其他的同學所繳的學費，繳$29塊錢真的是便宜多了！

我問媽媽：「為什麼這學期我只繳＄29塊錢？」媽媽說：「李叔叔真是好心腸，他幫我們申請到了二級貧戶資格，這樣我們就不必繳這麼多的學費。把這些費用省下來可以做別的事！」

「所以，我們現在是二級貧戶？」我一個字一個字地說出來向媽媽確認。

媽媽說：「是的！不要覺得難為情！因為，我們的貧窮不是因為我們懶惰，我們非常的努力。我們現在的困境、貧窮是暫時的，不會太久的！」這不是第一次聽媽媽這樣描述我們的狀況。我問自己：「暫時？什麼是暫時？多久是暫時？我們現在不是偶而沒東西吃，我們是二級貧戶。為什麼我要念書？我念完書之後會有好的將來嗎？要多久我才能把書念完？十年、二十年？要等這麼久？然後

能把我們家的情況改善？這個情況好像是台北有房子失火了，我們派救火車從台中趕來救火。等救火車趕到早就已經來不及了！

已經有好幾天我沒做功課了，也不想上課。坐在教室裡我望著窗外的高大椰子樹。微風吹來，椰子樹的葉子隨風左、右搖擺著！好像是一個高雅的女士翩翩起舞。我看著老師站在講台前，口沫橫飛的解說著數學題。他的上衣和他褲子的顏色不太搭配。他解說的數學題我真的是完全聽不懂了！

總算我鼓起了勇氣和雲姊說，我告訴他：「我有好幾天沒做功課了」雲姊問我：「怎麼會沒做功課？」我回答：「我不想做！」我讓雲姊看我的作業本。那作業本只有題目沒有答案。

雲姊問：「你們老師沒有檢查作業嗎？」他一面說一面翻著我的作業本。

我說：「老師要排長檢查！」雲姊問：「那排長沒檢查嗎？」我對雲姊悄悄的說：「我就是排長！」雲姊說：「等一下！讓我想一想！」雲姊把他的雙手放在胸前，他的眼睛看著我的作業本。

過了一會，雲姊說：「我看這樣吧！你每天做兩天的功課，今天的功課你要做，另外加上第一個漏掉的功

課。然後，你明天做明天的功課，另外加上第二天漏掉的功課。這樣，很快你就趕上了！如果有任何問題我會教你。」

媽媽坐在客廳的牆角，如往常一樣他的手沒有停，一直在做手工。當他聽到我沒做功課時，他並沒有生氣！

媽媽只是淡淡的說：「有很多事你必須自己做！你餓了！我可以幫你煮飯，但是！飯要你自己吃。我幫你繳學費供你上學，書要你自己念！我不會跟你一輩子，你要獨立才可以。難道你看不出來我每天這麼辛苦的工作，我能夠賺多少呢？你要過這種日子嗎？你一定要繼續念書才可能遠離貧窮，才會有好的將來！」

整個客廳安靜了許久，我安靜地站在那裡聽媽媽說話。我知道自己非常的不應該，傷了媽媽的心。我希望趕快長大，趕快離開現在的狀況。特別是趕快離開貧窮！

38
關鍵性時刻

　　爸爸、媽媽兩人有時候有些爭執，只要有任何爭執大部分情況都是因為錢。

　　「我們家有一家子要養，不要再花錢打麻將了。我們要懂得節儉！我們需要錢！」媽媽對爸爸說。

　　「我久久才打一次麻將！如果有多餘的錢，我很願意給你！但是，我沒有啊！」爸爸說。

　　「孩子們漸漸長大了，我們的責任越來越重！你有什麼打算呢？我們該怎麼做才好幫助他們有個好的前程呢？我不確定這樣的日子我還能撐多久？」媽媽對爸爸說。

　　「那你要我怎麼做呢？」爸爸問。

　　「如果你對軍中升官沒有興趣；那麼，我認為你應該另外找一個薪水比現在高的工作來改善我們的生活！」媽媽說。

　　爸爸、媽媽有時候有類似的爭執、對話，但是，從來沒有一個結論。我也看不出這個爭吵是誰贏了。還好的是他們只是嘴上爭吵從來沒有動手。

　　有好幾天沒看到爸爸了。媽媽說爸爸到台南去面試工

作。之後，他還要到台北去面試另外一家。這兩家都是私人的航空公司。

幾天後，爸爸回到家來。爸爸說兩家航空公司都在問，問他什麼時候可以去上班？他們在等爸爸的答覆。爸爸、媽媽他們商量、討論之後，他們認為爸爸應該要去台北上班。因為；大姊和三姊都在台北念書。爸爸決定要從空軍退休。然後，要到台北這家私人航空公司上班了。有些爸爸的軍中同學，從空軍退休之後也在這家公司上班。根據他們的同學說，這家公司的待遇比在軍中多些。這樣可以改善我們的經濟情況。好高興爸爸、媽媽總算下定決心，做了決定！

玲玲姊這次也要跟爸爸一起去台北，他要去台北念書。他們會跟大姊、三姊共租一間公寓。大姊、三姊和玲玲姊他們都是半工半讀的學生。媽媽說我們家的費用比以前還多，因為；台北和台中兩邊都有三餐的費用加上台北還要付房租。媽媽說過一陣子等爸爸的工作穩定以後，我們就全家搬到台北去。這樣可以省掉很多費用。

這種情況，就像是爸爸、媽媽在黑暗中點燃了燈，照亮了我們的路。我們找到出路了！這次我們真的是只需要再一點點的時間就可以完全的從黑暗中走出來。我們已經找到了方向！

39
加入合唱團

　　好幾天以來我們的音樂老師在選新的合唱團員。老師要我們輪流到音樂教室去，這樣他就可以選出他要的合唱團員。

　　音樂老師坐在鋼琴前面。老師一面彈他要我們跟著旋律一起唱。輪到我的時候老師要我跟著唱，我就唱！老師要我停！我就停！

　　老師要我清唱！Do，Re，Mi，Fa，So……So，Fa，Mi，Re，Do……

　　「很好！比起其他小朋友你可以唱低2個key，你的聲音很清晰！你願意參加我們的合唱團嗎？」老師問我。

　　「願意！」我立刻回答。

　　「好！從下個禮拜一開始每天早上早半個小時到學校來，我們在這間教室練習合唱，」老師說。

　　「好的，知道了！」我回答。

　　同班同學之中，有個女同學小芳也被選上了，我們倆都好高興可以一起參加合唱團，我們有個伴。

　　然而，第二天早上小芳滿臉愁容、淚眼汪汪的走進教

室。他說：「我爸、媽今天早上又吵架了！我爸爸不要我參加合唱團，說我將來是不可能把歌唱當職業的，唱歌是沒法當飯吃的。我爸爸要我專心念書就好了！」我為小芳感到難過。他曾經幾次含著淚來學校上課都是因為父母親意見不合、吵架。

期待中的禮拜一到了。我很興奮的走進音樂教室，教室裡已經有很多同學在那裡了。有四、五、六年級的同學。我一個都不認識，便找了旁邊的位子，一個人靜靜的坐了下來。

兩位音樂老師一起進了音樂教室。男老師發給我們一人一粒綠色喉糖要我們把它含在嘴裡，滋潤我們的喉！女老師告訴我們一些合唱團團員應遵守的規定。

她說：「從今天開始，每個禮拜一的這個時候我們在這邊練習合唱，大約30分鐘。如果學校放假我們就練習60分鐘。無論是冬天、夏天、寒假、暑假。除了電視廣播中說有颱風要來，放假一天。不然我們都是風雨無阻！上課時不要交談！要保持安靜！

如果，你們有什麼特別的事以致沒有辦法來參加，麻煩請你們的朋友或同學來跟老師說一下，好嗎？老師基本上不點名。但是；告訴老師一聲這樣比較禮貌一點。我們預計這學期結束前要參加全台中縣小學組合唱比賽。如

果我們贏了冠軍的話，我們便可以參加全台灣省的合唱比賽。目前我們的計劃是這樣！老師越說；我們聽的越振奮。好像我們已經拿到冠軍了。

「好！今天我們第一次練習。我看我們只練發音練習就好了！」女老師說。

Do，Rei，Mi，Fa，So……So，Fa，Mi，Rei，Do……Mi，Mi，Mi……啊！啊！啊！……女老師彈琴要我們跟著琴聲唱。男老師要我們把嘴張開，並且要求我們把兩隻手指頭放在嘴裡。我們張開嘴約2.5個指頭的寬度。我們是三部合唱，老師把我們分好了那些人唱高音；那些人唱低音。我被分到唱低音。30分鐘一下子就過去了。

周一又到了；老師教我們唱一首歌，歌名是〈青海青〉：

青海青，黃河黃，更有那滔滔的金沙江

雪皓皓，山蒼蒼，祈連山下好牧場

這裡有，成群的駿馬，千萬匹牛和羊

馬兒肥，牛兒壯，羊兒的毛好似雪花亮

中華兒女來吧來吧！拿著牧鞭騎著大馬

馳騁在這高原上，瞧著偉大的崑崙山。

〈青海青〉練唱完之後，老師又教我們唱另一首歌〈杜鵑花〉：

淡淡的三月天，杜鵑花開在山坡上，

杜鵑花開在小溪畔，多美麗啊！

像村家的小姑娘，像村家的小姑娘……

剛剛開始時，老師說我們唱歌好像在吵架。他說我們應該要唱的柔和一點，他要我們各個聲部分開練習一陣子。

當我們再一起合聲時，聽起來的確和諧、優美多了！

經過好幾個月的努力練習。我們就用練習的這兩首歌參加合唱比賽。皇天不負苦心人，我們得到台中區小學合唱比賽的冠軍。從那時開始，我想我真正愛上唱歌了！

40
轉變

　　1969年，我們這一屆從小學畢業後不需要考試而且可以直升到國中念書。在上國中的第一堂課，老師要我們每個同學做自我介紹。老師要我們除了介紹自己的名字之外，也要我們順便告訴大家我們父親的職業是什麼？

　　我們全班都是女同學，沒有男同學。這個學校是男、女分班的學校。

　　一個女同學站起來自我介紹：「我的名字是周美鵬。我姓周，周是周公的周，美是美麗的美，鵬是大的鳥。媽媽給我取這個名字是因為我還在媽媽肚子裡的時候，有一天他做了一個夢；夢見一隻很大、很漂亮的鳥飛到我們家。所以他就給我取了名字叫美鵬，鵬另外一個意思是可以飛得很高，鵬程萬裡的意思！表示有個好的將來。我的父親是中學老師。」這位同學說完後坐了下來。

　　現在換另外一個同學，他站起來自我介紹：「敝姓張，弓長張，美淑是我的名字，是既美麗又賢淑的意思！」她還沒坐下全班同學已經哄堂大笑！

　　「我的名字是李祖德。木子李的李，祖德是我的名

字。我爸爸、媽媽認為我們家的祖先一定做了很多善事才會有我。同時；也鼓勵我要多做善事！我爸爸是醫生！」一位同學站起來說。

同學們一個接一個的自我介紹。

敝姓劉，劉備的劉，岡市是我的名字。台灣話是「隨便養」，只要養活了就好了！」這位同學還沒說完，同學們聽到這裡又是一陣哄堂大笑！這位同學繼續說：「我還是嬰兒的時候常常生病，我爸媽怕養不活我，就幫我取了這個名字！我爸爸、媽媽在鎮上經營一個百貨店。」又一位同學站起來自我介紹的說：「敝姓陳，耳東陳。火旺是我的名字！」才說到這裡全班又是一陣笑聲！那位同學繼續說：「我爸爸、媽媽請了算命先生看看我的生辰八字。我在金、木、水、土之中什麼都有了就是缺火。所以，算命先生就給我取了這個名字火旺。我爸爸、媽媽開了一家餐廳」說完他坐了下來。

輪到我介紹的時候，我站起來說完我的名字之後便迅速地坐了下來！

這是全新的學校，所有教室及課桌椅都是新的。我不認識任何一位老師，班上的同學只有一位是念小學時隔壁班的同學，也不熟。我們班上的同學都長的好漂亮又都是好學生，坐在我周圍的其中一個同學他爸爸是中學校長，

有一個同學他們家經營木材生意，有一個同學的媽媽是鋼琴老師。哇！他們都是有錢、有勢的人，我有點不太瞭解為什麼被安排和這些同學在同一班。我和他們格格不入，覺得我不屬於這個班。

男同學們全部被安排在另一棟大樓，在不同的教室上課。我們很難有機會見到更別說談話了。偶而，在福利社或是在路上碰到了小學的男同學，我們甚至沒有談話也沒打招呼便迅速的、安靜地離開。因為，大家都是這樣做。這樣做好像才算是比較恰當、得體。跟我們曾經相處了六年的小學男同學，突然之間變成了陌生人。

我一點也不喜歡國中，我想念我的小學生活，小學同學。音樂老師邀請我參加國中的合唱團。我加入了合唱團，只有這件事是在國中時喜歡做的事。

隔年春天，爸、媽決定我們要全家搬到台北。正如媽媽所說；一來，我們一家人住在一起才好互相照顧。二來，我們可以省下台中的火食費用。

我好感激這期待已久的改變時刻總算來臨了！

1970年春季的學期結束後我們全家北遷台北。我們租了一間三樓的公寓，大約三十二坪大小。（三房兩廳，一間衛浴設備。）

我覺得好神奇又興奮，上廁所不用再蹲著而是坐在馬桶上。哇！台北人真是懂得享受！連上廁所都變得如此輕鬆、愉快！

當我需要坐馬桶時，坐馬桶的時間比蹲著上廁所時間長很多，坐在馬桶上變成了一種享受。我坐在馬桶上直到腳發麻才想到該站起來了。當我沖抽水馬桶時看著水流出來再沖入馬桶，我認為這是個了不起的設計。姊姊們都笑說我是土包子！

「沖一次抽水馬桶需要整個水箱的水，滿浪費水的！」爸爸說。我們都同意爸爸說的。爸爸拿了兩個空的汽水塑膠瓶子裡面裝滿了水。然後；把這兩個塑膠瓶放進了馬桶後面的水槽裡。這麼一來，沖一次馬桶不需要用這麼多水。但是，功能還是一樣！

搬到台北之後大家都分擔了一些家務事。爸爸、大姊、三姊、玲玲姊。他們輪流在假日或周末到菜場買菜。這樣他們就可以學習到怎麼樣用有限的錢來買整個家需要的雜貨，以及三餐飯菜的支配。如此一來，媽媽在周末及假日也可以休息一下。

每天早晨媽媽會問我們：「你們今天想吃什麼？」然後，會照我們的意思做三餐。有時候，我甚至抱怨有些飯菜做得不好吃而不想吃！

　　媽媽說：「我看！我們的日子是越過越好了。現在開始嫌飯菜不好吃了！」

　　大約兩、三個月之後，爸爸察覺到他給媽媽的菜錢真的是不夠。大姊說每次輪到他買菜的時候，他都要自掏腰包做出來的飯菜才像樣！三姊也說他很努力的、絞盡腦汁想做出有魚、有肉、有青菜的飯菜。但是，用這點有限的錢做出來的飯菜總是沒法讓大家滿意！

　　搬到台北之後爸爸很少打麻將了。他在台北的同學們沒有人對打麻將有興趣。爸爸也受了他們的影響，大家都努力工作為家打拼。偶而，爸爸的同事還是會三缺一找爸爸去打麻將。但是，爸爸都婉拒了。對於這樣的改變媽媽也深受感動、感激！爸爸說他們很多同學都在談論，回中國大陸已經是遙不可及的夢想了。他的很多同學已經開始在台灣買房子了。爸爸認為我們也應該要有自己的窩；要買間房子！穩定下來。

　　爸爸、媽媽有個協定，他們開了一個帳戶。姊姊們和爸爸的薪水交給媽媽之後，媽媽每個月存一個固定的金額到這個帳戶。這樣，等我們存夠了錢就可以買房子了。

　　媽媽來決定什麼是該花或不該花的錢，他固定給爸爸中飯、坐公車的錢以及一點交際費。爸爸在天氣好的時候他喜歡騎腳踏車上班。

　　每天晚上我們全家人一起用晚餐。自從我們搬到台北之後，爸爸幾乎沒有任何的交際應酬。他花更多的時間和我們聚在一起，我們非常感謝爸爸的犧牲和轉變。

　　在周末或假期的時候，我們一家人一起去登山或者去郊遊，我們全家人在一起互相照顧、享受相聚的美好時光。

　　幾乎每天下午，在下課後晚餐前，媽媽要我們到巷子口的麵包店，買剛出爐、熱呼呼的麵包。老闆做了很多不同口味的麵包。有紅豆、花生、奶油、奶酥、椰子、起士、肉鬆等等，以及各種果醬的口味。有草莓、鳳梨、檸檬、紅莓、藍莓、蔓越莓等等，我們每天都嘗試不一樣口味的麵包。我們的日子真是太美好、太幸福了！

41
台北的中學時光

　　來到台北的第一個學期，新學期開始。同樣的我們班上全部都是女同學。第一天上完第一堂課，有三位女同學笑容滿面地向我走過來。

　　「嗨！你好！我是王珍」

　　「嗨！我是李美芳」

　　「嗨！你好！我是陳宜。」我被他們的大方、主動及熱情所感動。很快的！我們成為很親近的同學。每個禮拜三我們只上半天。下了課之後，我們常常在陳宜家看電視、吃中飯。因為，他家就在學校的大門口外，加上他和他爸爸兩人相依為命，白天他爸爸上班家裡鬧空城，我們很自然的成了他們家理所當然的客人。

　　每次一到陳宜家，王珍還沒坐下就學著電視裡連續劇的台詞，大聲吆喝的說：「老闆！有什麼好吃的、好喝的！盡管拿出來，大爺有的是錢！」陳宜總是很快的打開冰箱看看有什麼剩飯、剩菜可以給我們吃？有時候，陳宜要我們自己去看冰箱有什麼東西可以吃？不論盤子裡是什麼食物只要從冰箱一拿出來，不要幾分鐘就被我們一掃而

空。

我們一起看電視湯姆瓊斯，貓王的演唱會或看電視影集。看MASH或HawaiiFive-0.

我們四個人有時候把口袋裡的錢都拿出來，湊足錢一起合買一碗米粉湯。我們總是對那位賣米粉的老闆娘說：「老闆娘！請給我們多一點湯好嗎？」米粉湯還沒上桌前，我們每個人都已經把條根拿好在手上了，準備吃米粉湯！

當米粉湯上了桌以後；米粉湯上面飄了一點切碎的芹菜聞起來好香啊！我們之中總會有人在老闆娘轉身的時候，很快的從我們桌上裝碎芹菜的盒子裡多拿一些碎芹菜放在米粉湯裡，或者多倒一點醬油膏到米粉湯裡。

陳宜總是先把辣椒放在小碟子裡，然後；每吃一口米粉湯就把一些辣椒醬放在湯匙裡一起吃。有一次也不知道是故意？還是不小心的？陳宜放了好多、好多的辣椒醬在米粉湯裡。整碗米粉湯都是紅色的，又紅又辣！我們四個人還是搶著吃米粉湯！我們的臉頰還有耳朵都變紅了。我們額頭出了很多汗！辣得我們一直吐舌頭說：「好辣！好辣！」

我們四個人圍著共吃一碗米粉湯。吃完了米粉湯，它的美味在我的腦子裡還回味無窮！有時候我們共吃一碗陽春麵。

　　周末或有假期的時候，我們四個同學有時候一起看電影。飄、屋上提琴手、小婦人、木馬屠城記還有很多電影。有幾次我們一起坐台北市公車。有的時候我們沒下車就直接坐原來的車回家。我們坐在車上只是看看台北的街景和來來往往的人群。

　　台北市的很多街道名稱是用中國大陸的省分、城市名字來命名的。例如說：北京、南京、天津、上海、西安、長沙、廣州、徐州、重慶、成都、福州、廈門、青島、西藏、青海、蘭州、甘肅、等等，或者用四維、八德來命街名。

　　台灣的每個城市都有中山路和中正路（以國父孫中山先生及總統蔣中正的名字來命名）。在台灣看不到四路或八路公車；聽說是因為共產黨有四路和八路軍的關係。

　　雲姊常常買美國每周排行榜唱片回家。裡面有很多歌曲是由一些合唱團體或個人演唱的。如：木匠合唱團，披頭四，安迪威廉，BeachBoys，Jackson5，TheBeeGees還有很多很多。我拿著唱片封套，看著上面的歌詞跟著唱片的旋律唱歌。我學了很多英文歌還記了很多英文句子。當旋律優美的時候，雲姊和其他姊妹們會跟著旋律翩翩起舞！這是我們常常在假日、閑暇時所做的事。

　　大姊常常給我們他的衣服；有的衣服他只穿了一、二次就給我們了。我把大姊給我們的衣服一件件的試穿。穿好了之後，我學著電視上的模特兒走台步的樣子。我把頭仰起來、鼻尖朝上、眼睛看著天花板、學模特兒走路，一付很驕傲的樣子。

　　我喜歡唱歌；我問雲姊：「你覺得怎麼樣？如果我去當歌星的話？」雲姊說：「讓我想一想！第一，你要找一個很好的整容醫生，把你的鼻子切開放一些東西把你的鼻子墊高、變大。然後再幫你弄成雙眼皮這樣你看起來就非常的美麗、迷人！」

　　我對雲姊說：「我幹嘛要做這些事啊！我是要當歌星耶！」

　　雲姊對我說：「我當然知道你是要當歌星啊！但是，如果你長得漂亮人家的注意力就會集中在你的臉上，這樣的話你唱的好不好也沒有人會那麼在乎了。而且，如果你長得漂亮的話會比較容易成名！」

　　「你說的是真的嗎？」我問雲姊。

　　「我想是的！你看看！這麼多明星。出名的歌星他們不是每個人都長得很漂亮嗎？他們都有很挺的鼻子，很迷人的眼睛！」雲姊說。

　　「那就是說；我需要花很多的錢先整容！」我問。

　　「對的！這叫做投資！先投資！以後成名了之後連本帶利賺回來！但是，如果你沒有成名的話就血本無歸了！」雲姊仔細的分析給我聽。

　　「所以，我花了這麼多錢在整容上面，有可能成名或不成名？」我喃喃自語。

　　「是的！這也有一點像賭博，沒有保證一定會贏的！」雲姊說。

　　「有些名人每隔幾年就需要去美容一下，這樣才能讓他們臉保持同樣的長相。」玲玲姊說。

　　「所以，不是整容一次就好了！」我問。

　　媽媽從廚房走出來問我們：「是誰要整容啊？」我對媽媽說：「我們在談論怎麼樣成為歌星？」媽媽問我：「你要當歌星嗎？」我對媽媽說：「是的！」

　　媽媽說他不支持我當歌星；媽媽說：「當一位成名、成功的歌星除了歌要唱得好，常常練習之外；他們所做的犧牲和努力在銀光幕後辛苦的一面，很多事我們知道的不多。我們只看到別人光鮮亮麗的一面。玲玲小的時候，台灣的國家戲劇團要玲玲跟他們學唱戲！」玲玲姊問媽媽當時為什麼不讓他參加戲劇團？又說如果當時他參加了劇團的話，說不定現在他已經是成名的歌星了。媽媽對玲玲姊說：「那時候你只有七、八歲。如果我讓你參加劇團的話，我一年大概只能見到你兩次面。如果你唱不好人家會

修理你。你只是個孩子我怎麼忍心把你送走。我當然要把
你留在我的身邊！」

　　媽媽對我說：「當時我們生活那麼艱苦我都沒有把玲
玲送去唱戲，我現在更不願意讓你去當歌星。因為，我們
的社會並不尊敬歌星。我們不需要發大財！只要我們都健
康、平安、大家在一起！這才是最重要的！」

42
愧疚

　　那是一個秋高氣爽、風和日麗的星期天早晨。媽媽問我們每個人今天想要吃什麼？媽媽要我跟他到傳統市場去買菜；我不想去！然而，媽媽沒有更好的人選；我不情願的跟媽媽去買菜！

　　我們兩個人手上都提了菜籃，打算買一個禮拜的菜以及大約五十個雞蛋。一個籃子我們提了很多的菜；另外一個籃子只提雞蛋。

　　媽媽擔心我手中的菜籃子會太重了，他把重的籃子拿去提。我從重的籃子裡拿了一些菜出來提在手上，另一隻手就提雞蛋的籃子。我們走了一會兒交換一下手中提的菜籃，這樣的話我們就不會提得太累。

　　我們走著走著，突然之間！裝滿雞蛋的籃子從媽媽手中滑落下來，籃子裡的雞蛋掉了滿地。我對這個突如其來的景象愣了一下，一時不知如何處理。

　　然後，我問媽媽：「籃子提的好好的怎麼會掉在地上

呢？」媽媽沒有說一句話，他只是靜靜的蹲在那裡撿地上已經打破的和沒有打破的雞蛋。把它們統統撿回到原來的籃裡。

我不明白，為什麼好好的一個籃子媽媽都拿不好而會掉在地上？花了這麼多錢才買來的雞蛋幾乎都打壞了？為什麼媽媽不小心一點呢？

我當場跑開了，才跑開幾步我又很快的跑回去和媽媽蹲在地上，一起把散落在地上的所有雞蛋撿回到原來的籃子裡。

我既生氣又心疼，不瞭解裝雞蛋的籃子一點都不重喔！為什麼會拿不好弄得雞蛋掉滿地呢？一路上，我一句話都不想說，也沒有跟媽媽說一句話。

回到家，我進了房間不願意說話。

「青青！青青！快來！快來！」

媽媽在客廳裡叫我。我快步走出房門看著媽媽坐在客廳裡。他正在擦一種膏藥，那是平常他筋骨疼痛時擦的止痛膏藥。

媽媽說：「每當季節變換的時候，我的筋骨就會疼痛。有的時候可以忍受，有的時候疼痛的很厲害！台灣的氣候潮濕會讓我的風濕關節炎更加惡化、更加疼痛！」媽媽要我馬上幫他做拔罐；以減輕他的筋骨疼痛！

我在媽媽的雙肩、手臂、背、還有腿都做了拔罐。才做完一會兒，媽媽說他已經覺得疼痛減輕了許多！

我怎麼忘了媽媽有風濕痛？它常常造成媽媽全身筋骨疼痛，而這種疼痛是沒有辦法根治的。有些人說風濕痛的症狀如果住在加州的話，因為氣候的關係風濕痛可以消失或者是減輕。

那天晚上，我躺在床上想著媽媽！他為我們做了這麼多的犧牲，為了我們有時候吃飯只吃米飯沒菜吃。為了貼補家用他常常犧牲睡眠時間來編草帽、做手工、吃不好、睡不好、有做不完的家務、從來沒有怨言。

媽媽的風濕疼痛造成他的關節有些彎曲。他犧牲奉獻、生活艱苦；一切都是為了我們！我沒有搞清楚怎麼回事就隨便生媽媽的氣！我沒有辦法原諒自己！我哭了很久，也夢想著有一天我能夠帶媽媽到加州去住；然後，媽媽的全身筋骨疼痛會減輕或消失！

43
大姊結婚了

　　大姊從大學畢業後他考上了公務員考試，並且已經在政府機關上班當公務員了。當公務員是大家搶破頭，大家夢想的工作。公務員是個鐵飯碗。當上了公務員這一輩子不必擔心沒有工作。因為，政府會一直僱用他們直到他們退休或不想做為止。

　　我們都為大姊感到非常的高興、光榮和驕傲。

　　當了兩年的公務員之後，有一天大姊對媽媽說：「林偉向我求婚，我答應要嫁給他了！」

　　媽媽說：「也該是時候要結婚了。男大當婚！女大當嫁！」

　　媽媽說著說著停頓了下來。過了一會兒媽媽若有所思的說：「但是，我們家有這麼多孩子。你有這麼多妹妹、弟弟都還小。他們都還在念書。如果我們少了你這份薪水我們又要陷入生活困境！」大姊決定隔年再談婚嫁的事。

　　林哥哥和大姊他們是大學同學，他們已經交往四年了。

林哥哥常常和大姊約會。有時候他騎摩托車，戴上一個深色墨鏡；走起路來非常的有自信。

林哥哥謙虛有禮，他來拜訪我們的時候從來不會空手來，他總是會帶一些吃的給我們。

有一次他帶了一個十英吋的巧克力蛋糕給我們，巧克力蛋糕看起來真是漂亮，吃起來就更別說有多好吃了。林哥哥在樓下等大姊。應麗麗的懇求，林哥哥讓麗麗坐在他的摩托車上教麗麗怎樣騎摩托車。麗麗玩的非常高興騎在摩托車上也感到非常新鮮、有趣。林哥哥和大姊約會時間到了，麗麗不肯下摩托車，林哥哥就帶著大姊和麗麗一起去約會。

在台灣沒有太多人有車子。林哥哥除了有一部摩托車之外，他還有一部車子。那部車子像一個金龜。有幾次林哥哥邀請我們大家坐他的車一起出去兜風。有時候我們喜歡坐他的車到處跑跑。

大姊告訴雲姊和我說：「林偉的爸爸是將軍。他們家在上海是珠寶商。他們有錢有勢。林哥哥的父母都是受高等教育，大學畢業有知識的人，他們都是出生在上海的有錢人家。他們認為只要不是從上海來的人都是土包子！」

我問大姊：「你為什麼一定要嫁一個認為別人是土包

子的人呢？」大姊說：「我要嫁的是林偉又不是他爸爸媽媽。我才不管他爸媽怎麼說呢！林偉他對我好，就好了！他父母也滿喜歡我的啊！」

大姊和林哥哥他們決定要結婚了！

大姊結婚之後，幾乎每個周末都回來看我們。每個月還是固定給媽媽一些錢來支付我們家用。

有一次大姊邀請雲姊和我去他們家坐坐。大姊那天買了非常多的菜。他洗菜、切菜、煮菜。所有一切事情一手包辦。我們要幫忙，大姊說我們不會。他只讓我們幫他摘青菜。

吃完中飯大姊又是一陣忙碌。所有清洗工作全部一手包辦。大姊說：「平常禮拜一到禮拜五，我下了班之後就要趕快回家煮飯就像現在這樣，吃完了飯又趕快做清理的工作。清理完之後已經非常晚了。如果是周末的話呢？那就會更忙碌了。因為，我要煮三餐而且還要清掃洗手間，客廳還有院子全部都要打掃乾淨。有件事我不需要做就是衣服我們請了人幫忙洗。」

大姊說：「我做這些事情的時候我婆婆會在旁邊站著看我做的對不對！」我問大姊：「你婆婆在旁邊監督你？沒有人幫你嗎？林哥哥沒有幫你？」大姊說：「你林哥哥已經告訴我，他沒辦法幫我做家事特別是當他父母在

旁邊的時候。」雲姊問：「為什麼呢？」大姊說：「你林哥哥說，如果他幫我做家事他的父母看到的話，會認為他的兒子怕老婆，這樣的話林哥哥就會很沒面子。林哥哥是個好先生，只是有的時候他在父母的面前做起事來有點奇怪！」我對大姊說：「所以，基本上你們家所有大小家務事幾乎你一手包辦了！」

大姊說：「我是唯一住在家裡的媳婦，我不做誰做呢？我們的同事、同學他們結婚之後也跟我差不多過同樣的生活，忙裡忙外。結婚不是只嫁給我先生，是嫁給他們整個家庭！」我對大姊說：「我總覺得有些人要幫著你一起做一些家事才對啊！一起做、講講話這樣才有意思！你現在這個情況我覺得他們好像幫你當免費的傭人！」雲姊也點頭表示他同意我的說法。

大姊說：「這些每天的雜事都還算簡單，比較困難的工作是我婆婆他不吃剩飯剩菜。然後呢！有時候他吃的多、有的時候只吃一點點。也不知道他什麼時候會多吃？什麼時候心情不好吃得少。所以，在有些情況下我就要吃剩飯、剩菜了！」

我對大姊說：「看起來你如果不是非常的聰明、沒有超人的智慧或者是沒有強壯的體魄，在林家你不可能當一個好媳婦的！」

　　久久有那麼一、兩次，大姊會邀請我們姊妹們一起出去吃中飯。去聊天主要目的就是訴訴苦。大姊不敢向媽媽提起他在林家的日子是怎麼過的。大姊要我們幫他保密。因為，大姊說如果媽媽知道大姊過這樣的日子只會讓媽媽生氣和難過，對事實不會有任何幫助！

　　有一次，我們又跟大姊聚在一起的時候，雲姊問大姊：「你們自己不是有買了一間公寓，怎麼你們不去住呢？」

　　大姊說：「我們才和林偉的父母住兩年，過一陣子吧！林偉弟弟快要結婚了。他們搬進來我們就可以搬出去住了。因為房子太小住不下這麼多人。這樣的話就不會讓鄰居非議，也給我的公婆以及林偉做一點面子。算了吧！能做一點！就做一點！看在他們是我公婆的分上！就讓著他們一點吧！」

44
為了將來而努力

　　國中的英文老師總是要我們在課堂上朗誦英文生字；每個字全班同學一起大聲的朗誦三遍。朗誦的聲音震耳欲聾、響徹雲霄。常常下了課之後，那宏亮、清晰的餘音還會繚繞在我的耳根，久久不能退去！

　　英文老師給了我一本英文字典鼓勵我好好念書。這本英文字典有一點特別，生字旁邊有彩色的圖片作圖解看起來滿有趣的。我喜歡念句子。因為；生字放在句子裡面，生字變得較有意義也容易記！然而，我更喜歡唱英文歌。生字加上有意義的句子以及優美的旋律，這樣英文句子就很難忘記了。

　　每個禮拜，我從雲姊買的美國排行榜唱片裡學會唱一、兩首歌。我喜歡英文，不再擔心我的英文課了。

　　有一個禮拜六王珍邀請我去他家做功課。他說如果我有化學和物理課的問題可以問他哥哥，他哥哥是工程師很願意教我們做功課。我到了他家做了幾次功課。我幾乎不敢相信的是，第二次期中考我的物理竟然考了個82分。

聽老師說這個分數是少數及格的幾個學生之中又算是高分的。王珍也考了滿高的分數。王珍和我的友誼又更加接近了！

為了要考上一所理想的高中，很多同學在每天下了課之後，又到補習班去補習。他們大概每天做12到14個小時的功課。王珍不必補習，因為他媽媽就是老師。李美芳家是一級貧戶，功課很好，不太需要補習。陳宜和我，我們家都沒有多餘的錢可以去補習。我已經知道我跟大家想念的高中無緣。我除了不補習也不念書之外，每天練習唱歌夢想著將來有一天可以當歌星。

高中聯考結束。王珍及李美芳都考上理想的高中。陳宜決定去念商職，因為只需要念三年。三年畢業之後他就可以找工作了。如果他念一般高中還需要再念四年的大學才可以找工作。陳宜的爸爸沒有這麼多錢給他再念四年的大學。

媽媽跟我說：「不論你喜不喜歡，我要你至少把高中文憑拿到，這樣別人才不會看輕你。我不可能跟你一輩子，你要獨立才可以！」

那天爸爸陪我到海立私立高中註冊。我們下了公車之後又走了一段路。我們一路走、一路閒聊。

我問爸爸：「我們那來的這麼多錢繳學費？從我們存的錢嗎？還是？」爸爸沒有回答。

我繼續追問爸爸：「是向別人借的？」

爸爸說：「你不必擔心錢的事，」

我說：「我以為我們家現在已經至少夠用了，不必再擔心錢的事了！為什麼我們還是缺錢呢？」

爸爸說：「我們現在並不缺什麼錢，只是每次開學的時候，這麼多孩子都要繳學費就有點困難。」

「難怪這兩、三個禮拜以來，我們吃的飯菜就可以看得出，家裡已經沒有錢了！爸爸我看算了！我們回家吧！我不要念書了！我不愛念書又何必讓你們花那麼多冤枉錢呢？」我說。

爸爸說：「你媽媽要我們今天來這邊就是來註冊的，如果我們回去沒有註冊你媽媽會不高興的。我們在台灣什麼人都不認識，沒有背景！你一定要獨立！沒有辦法靠別人了！所以，多多少少你要念一點書啊！」爸爸又說：「我們向別人借錢讓你們完成學業，這事情是值得的，等你高中念完了有自己的想法，看你要不要再念大學我們就不管你了。但是，這個高中不論如何你一定要把它念完才可以！」

爸爸這麼一說我感覺好一些，我同意爸爸所說的，看來目前念書是我唯一可以做的事情，讓我能夠增加智慧、讓我能夠獨立！

45
移民浪潮（1）

　　1971年，中華民國、台灣（R.O.C.）被迫離開了聯合國國際組織，而中華民國（R.O.C）是聯合國國際組織的創始會員國之一。1945年，當時蔣總統介石代表中華民國（R.O.C）在聯合國簽訂了聯合國協定，從簽訂以來即是永久會員國。

　　中華民國、台灣（R.O.C.）這個永久會員國被踢出了聯合國。台灣在聯合國的位置被中華人民共和國（P.R.C.）所取代。很多聯合國會員國承認中華人民共和國為一個國家，代表中國。而否定中華民國、台灣（R.O.C.）。同時也跟台灣斷絕了正式外交關係。

　　很多人說：「沒有永久的敵人，也沒有永久的朋友！台灣R.O.C.被驅逐於聯合國的會員大門之外就是一個很好的例子！」台灣做了這麼多年的聯合國會員國，也和其他的聯合國會員國有良好的關係。但是！突然之間就被這些會員國投票踢出了門外，台灣人對於這件事感到非常的失望！

　　我們得知美國很快也會接受中華人民共和國為聯合國會員，很快的也會跟台灣終止官方的關係。大家都很擔心！從1949年以來，為了防止台海戰役，美國就一直有駐軍在台灣，我們一直依賴他們的保護。很多人認為，一旦美國和台灣終止了外交關係，美國在台灣的所有駐軍都會很快的離開。如果是這樣的話，誰來保護我們台灣呢？那麼，中國共產黨隨時可以用武力來侵略台灣了！當然就會藉這個大好機會發動戰爭。襲擊、血洗台灣、占領台灣更是輕而易舉的事了！

　　很多有錢人、沒錢人都紛紛的移民到美國、加拿大、中南美洲、日本、新加坡。紛紛的移民到世界各地去。很多父母把他們的孩子送到海外念書，也鼓勵他們的孩子到海外去工作。這樣，他們就不必擔心中國共產黨血洗台灣的一天。

　　有時候，我們在學校或在公車上聽到有些人談論台灣目前的問題。有人說我們要和中國共產黨打仗，打回大陸來解救我們在大陸的同胞。但是；沒有任何人可以幫我們打這個仗。台灣這麼小，中國這麼大！我們怎麼打呢？這好像是以卵擊石啊！

　　有人說我們應該早在徹退回台灣的那幾年打回大陸還有可能，那個時候我們沒有打，現在要怎麼打呢？中國共產黨一天天的強盛、壯大！我們怎麼有可能打贏呢？真的

是癡人說夢話嘛！

　　有時候大姊還有他的婆婆和林哥哥會到中和的山上去看廣欽老和尚。有一次大姊的婆婆問廣欽師父：「師父啊！依你看，共產黨會不會打我們啊？他們會不會打過來啊？」

　　廣欽師父坐在那裡沉默了一會兒；然後他笑著用台灣話說：「不會打啦！不會打！不要擔心！」

　　「真的嗎？共產黨不會打我們！太好了！太好了！」大姊的婆婆對廣欽師父說。

　　「放心啦！放心！時間到了的那一天，大家歡歡、喜喜地帶著大包、小包禮物回去看你們的親戚、朋友！」大姊提到這件事好幾次。

　　台灣以農立國，礦產並不豐富。台灣如果要有一個好的將來當然要自立自強。我們要支持我們自己。在台灣退出了聯合國之後，台灣開始積極的做十大建設；像高速公路、國際機場、台中港、造船工業、化學工業、發電廠、鋼鐵廠等等。這些工業至少讓我們可以自立自足。

　　1970年台灣從廉價的製造工業進步發展到重工業以及公共設施的建設。有些人懷疑的說：「沒有幾個人有錢買得起車子，那為什麼我們要建高速公路？高速公路建了給

誰用？」然而，我們有了高速公路之後，它縮短了南北之間的距離。它促進了台灣的經濟成長。台灣製造了非常多的產品銷售到世界各地，貿易成了台灣的經濟命脈。台灣的貿易開始蓬勃發展、欣欣向榮。

　　三姊在他的老師開的貿易公司上班。三姊和玲玲姊都有一個穩定的工作，他們每個月都固定給媽媽一些薪水。爸爸把他所有的薪水交給了媽媽讓媽媽來支配家用。大姊雖然結婚了他每個月還是一樣固定給媽媽一些錢來照顧我們。

　　媽媽很會存錢，當很多人正離開台灣尋找他們生活的新天地，之後台灣的房地產下跌。

　　才幾年的光景媽媽用她所存的一些錢拿去付了頭期款，我們買了一間公寓。我們總算有了一個屬於自己的家。

45
移民浪潮（2）

　　西元1975年4月5號，我和幾個專科同學從中部露營回來，我們每個人都玩得疲憊萬分。火車快要接近台北的時候，火車開開停停、停停開開，就這樣斷斷續續的開了好幾個小時。

　　我們得到的消息是「有一間廟失火了！」我問坐在旁邊的男孩：「應該是萬華的龍山寺吧！這附近就只有龍山寺這間廟。」他說：「很有可能，看來這個火勢非常大，雨下得這麼大都沒辦法滅掉這個大火！」

　　第二天報紙頭條新聞說總統蔣公在4月5號的晚上，也就是龍山寺失火的同一個晚上過世了。

　　我們在學校或是在家時都在談論著，當一個偉人過世的時候總是會有一些徵兆、異象出現。例如說：大風大雨、大火等等類似的情況會伴隨著偉人的靈而去。

　　當年在1949年跟著總統蔣公從中國大陸撤退到台灣來的軍人以及他們的眷屬們都紛紛前往蔣公的靈柩前做最後的致意！

　　有些人大聲的哭喊著，他們說：「你說你要帶我們回家的，你要帶我們回中國大陸的。現在你把我們丟在這裡，你確不顧我們的走了！」

　　有些退休老兵說：「我們該怎麼辦呢？現在誰能夠帶我們回家呢？啊！啊！我們再也回不了家了！」他們一直哭著、喊著！又是一陣移民浪潮，大家又瘋湧的、更積極的移往其他的國家，尋找他們可以安身立命的理想居所。有錢人、有親戚朋友住在國外的人想盡辦法的移居國外。台灣人移民到其他國家居住的移民浪潮從來沒有停止過。

　　有一次我跟爸爸媽媽說：「我聽說很多人從台灣移民到其他國家居住。因為，他們擔心共產黨會轟炸台灣，用武力來解決台灣。很多人說總統蔣公過世之後，這是一個很好的機會中國共產黨可以把台灣拿下！」

　　媽媽問我說：「你覺得我們應該移民到那裡去呢？」

　　「我也不知道！」我回答。媽媽說：「我聽鄰居們在談論，說中美洲很多國家那邊物價便宜、風景美麗。然後，那邊的女孩長得漂亮、男孩子長得俊俏。剪下來好幾天的樹枝隨便丟棄在土地上，不必澆水過幾天就又長出一顆小樹來。土地肥沃、氣候宜人真是沒話可說。」

　　「天啊！媽！你說的那個地方簡直就是人間仙境！世外桃源！我們一定不可以放過這個大好機會。我們一定

要好好想想辦法；看看怎麼樣可以到那邊去！」我對媽媽說。

媽媽淡淡地說：「是啊！我也很想去啊！但是，我們怎麼去呢？到了那邊人生地不熟的，沒有親戚朋友！身邊又沒有錢。如果我們需要幫忙，誰能夠伸出援手呢？語言不通，又沒有一技之長，我們靠什麼過日子啊？去喝西北風？」媽媽說。

爸爸說：「如果共產黨要拿下台灣，他們在任何時間都可以做這件事，他們早就可以拿下台灣！不需要等到現在或者以後！」媽媽說：「我常常聽說有些人移居到國外後被騙了！失去了他們的錢財。他們不會說當地的語言，沒有辦法找到工作。如果，他們回來台灣他們要重新開始，而且他們擔心回來會丟面子。所以，他們現在居住在國外生活陷入困頓窘境之中！」

爸爸說：「這裡是我們的家，這裡比移民到任何一個國家都好！」

46
媒人

　　媽媽那天心情非常好，看起來非常的愉快。吃完晚餐之後媽媽對我們說：「金媽媽和金伯伯老實、慈悲、心地又善良。他們真是徹徹底底的大好人。他們家有這麼多兒子，我們家有這麼多女兒，如果我們兩家能夠結成親家那就真的太好了呀！如果我們家女兒誰能夠嫁到他們家當媳婦的話，那真的是前世修來的福啊！」

　　媽媽說完話之後我把眼神轉向三姊，之後又看看玲玲姊，然後又看看雲姊。

　　玲玲姊說：「媽！金媽媽家的兒子們很少來拜訪我們或表示過什麼，我們是怎麼樣就可以變成他們家的媳婦咧？」媽媽說：「好啊！沒問題！你告訴我，你中意他們家那個兒子？我馬上跟金媽媽說。這樣的話，過兩天他們家兒子就來拜訪你啦！」

　　我的眼神又轉向雲姊，雲姊說：「金媽媽的大兒子年齡和三姊比較接近，二兒子的年齡跟玲玲姊比較接近，我的年齡跟他們的小兒子比較接近。但是，我們一起長大

的，而且我覺得突然之間要建立這種關係那種感覺好奇怪喔！我也有一種很強烈的感覺，我跟他是不來電的！」

媽媽說：「什麼來電！不來電！感覺不感覺的！結了婚再慢慢培養是一樣的！」

媽媽轉向我對我說：「青青你呢？你覺得怎麼樣？金媽媽家小兒子我看跟你滿合適的！」

我說：「什麼滿合適的？媽！你在說什麼？你忘了我還在念書？我以為你要我先把書念完才談結婚的事！」媽媽說：「沒關係啦！一切都好商量！你們現在就可以開始先約會嘛！」

我們當然知道金媽媽跟金伯伯是大好人，從來不會對任何人粗魯、無禮。他們當然會善待他們家的媳婦啊！但是，不知道為什麼，一談到要當別人家的媳婦時，我的腦海裡就會很自然的浮現出當媳婦的人在努力燒飯、洗衣、做羹湯的種種、有做不完的家事！那種情景讓人退卻止步。

我們姊妹都在猜，這一定是媽媽和金媽媽的主意。金媽媽的兒子們可能都被蒙在鼓裡不知情。金媽媽的兒子們都非常優秀，加上中國人所講的長幼有序的關係。因此，我們鼓勵三姊、玲玲姊先去跟金媽媽的兒子約會。不過，這個成功的機會可能不大。因為；三姊、玲玲姊已經有男朋友了。他們都交往好一陣子了！

媽媽說：「嫁漢！嫁漢！穿衣吃飯。對我來說結婚就是這麼回事。金媽媽家的兒子們都有一份穩定的工作，有能力供養家庭生活所需，讓做太太的沒有後顧之憂。除此之外，金媽媽家的兒子個個都老實、忠厚，一定會善待你們的。」媽媽又說：「我提醒你們，一個這麼難得的好婆婆及先生我已經幫你們找到了，如果你們不好好抓緊機會，沒這個福分！我也沒什麼話好說了！」

沒有多久，金媽媽的幾個兒子陸續來我們家拜訪。他們來訪的時候，不是三姊不在家，就是玲玲姊不在家！我們看得出他們做的都是禮貌性的拜訪，他們拜訪了幾次之後，漸漸的就比較少來拜訪我們了。

47
面對冷酷的世界

　　1977年，我從專科畢業後暫時在一家餐廳當服務生。上班上了一年之後，並沒有打算想要做什麼其他的事。每天我從晚上十一、二點睡到第二天的八、九點，到日上三竿或者睡到中午，日正當中才起床。

　　媽媽總是對我說：「沒關係！你先起來吃早飯，吃完早飯你要睡，那就再回去睡啊！」有一天，大姊對我說：「每天，你回到家已經是晚上十點以後了。在家的時候你大部分時間都在睡覺，我們連和你說話的機會都很少，你打算這樣過一輩子嗎？我認為，現在你應該要找個不一樣的工作了！」

　　我對大姊說：「我不知道要做什麼？也沒辦法決定要做什麼？而且，也一直在想我能找到什麼樣的工作？」

　　大姊說：「不要擔心這麼多！把履歷表先寄出去，然後等結果就好了！」

　　一年之內我換了不知道幾個工作？

　　第二年，同樣事情繼續發生！我總是有理由，不是說我不喜歡那個工作，那個工作離我們家太遠或者是那個工

作太簡單了，又或者是說我認為那個工作沒有前途！

　　林哥哥對我說：「滾石不生苔！一個工作先試試看做個二、三年。二、三年之後；如果不喜歡，那你就去找個不一樣的工作！」

　　媽媽對我說：「我們做任何事情都要從最基礎做起，不可以小看它太簡單！如果你沒有做小職員的經歷，有一天你當了經理，你怎麼瞭解手下的這些人的甘苦呢？怎麼做一個好上司？

　　所謂萬丈高樓平地起，天下沒有一步登天的事。基礎一定要打好！做任何事一定要一步一步腳踏實地的去做才容易成功！」

　　媽媽又說：「滴水可以穿石！因為，水滴每天一直滴、一直滴在同樣的一個固定的點上；久而久之就把石頭給穿透了！」

　　「如果，你能夠專心在一件事情上；做一段時間你習慣了，就會找到竅門。然後，就會把工作做得完美；做完美之後，你就會喜歡這份工作。」

　　「如果，你像一個啄木鳥一樣，今天這邊啄一下，明天那邊啄一下。一下子換這個工作，過一下又換另一個工作。你永遠學不到竅門。那麼，工作上做得不順手，當然就不會喜歡那份工作了！」

　　我的四姊夫在一家貿易商的鞋子部門幫我找到了一

份樣品室的工作。我幫他們找鞋子的材料，計算每雙鞋子的成本、也負責催樣品。有時候我跟他們一起加班，讓樣品如期的趕出來。然後；我們很快的把樣品寄到客戶的手裡；爭取訂單。

我常常用我的三腳貓英語和客人聊天或者和客人溝通，我覺得那是非常有趣的經驗！當我工作了幾年之後，終於在工作上我充滿了自信心。誠如媽媽所說的，有了鞋子方面的知識和經驗，我知道事情怎麼樣處理比較順利、不花太多時間又比較容易做好。這是這麼多年以來，我第一次感覺到真的很喜歡我的工作。

48
行萬里路勝過讀萬卷書

　　王珍和李美芳已經在美國念博士學位了。我在鞋業界工作多年之後，突然之間覺得我的生活中好像還欠缺了什麼？我應該再繼續到學校去充實一下。在我30歲那年決定到美國繼續念書。

　　我對媽媽說出了我的想法和計畫。

　　媽媽對我說：「你可以在台灣念書啊！為什麼一定要出國？一個人跑到這麼遠的地方去念書？」媽媽不瞭解為什麼我一定要出國才可以念書！

　　我對媽媽說：「我覺得自己好像是井底之蛙，只能看到我井頂上方的那塊天空，又有點像是瞎子摸象；外面是什麼樣的世界我完全不清楚。我想要走出自己的天空，去看看外面的真實世界！」

　　玲玲姊不是很鼓勵的對我說：「你知道嗎？一頭牛走遍全世界回到北京之後，它依然還是一頭牛！」媽媽說：「我們一家子，大家聚在一起，互相照顧、互相關心，而你有一份你愛的工作，難道這不是你要的嗎？我們還要求什麼呢？在家千日好！出門時時難！一個人跑這麼

遠如果有什麼問題需要幫忙誰能夠幫你啊？」我對媽媽說：「媽！讓我出去跑跑吧！讓我出去看看外面的世界！無論我這一步走出去是成功、還是失敗？都沒有關係，至少我試了！我想你們的時候隨時可以回來看你們的！」媽媽說：「是啊！你說的這些話聽起來非常的熟悉，就像當初我離開中國大陸的時候對父母所說的差不多，我對他們說，只要幾個月我就可以回去看他們了，不要擔心！然而，這一轉眼現在已經快40年了。而我們依然還在這裡；還在台灣！你有足夠的錢嗎？」

「兩年的費用應該是沒有問題的！」我對媽媽說。

「你確定嗎？你一定要去？」媽媽再次向我確認。

「是的！媽，我想我很確定！」我對媽媽說。

媽媽嘆了一口氣之後沒有再說什麼。

1987年，在我要出發到美國的前一個晚上，爸爸、媽媽、大姊、二姊、三姊、玲玲姊、雲姊還有妹妹們、我以及他們的孩子們一起共進晚餐。

媽媽對我說：「無論什麼時候只要你想要回來，我們歡迎你任何時間都可以回來。這是你的家！」除此之外，爸爸、媽媽那晚並沒有說太多的話。

第二天，爸爸、大姊、雲姊和我；我們在等姊夫開車帶我們去機場。

　　媽媽對我說：「青青，我需要去躺一下，你們等一下要出去的時候不必把我叫醒。祝你一路順風！身體健康！萬事如意！」媽媽在西方三聖佛菩薩面前，每天早晚都祈求，願我平安、健康、找到我的如意郎君，還祈求做一切事情都能夠如我所願。媽媽看起來真的是滿疲憊的！

　　然而，我一路上從台北到紐約感到好興奮、得意！

　　在學校開學之前我和一個同學一起去博物館。我們也坐上馬車在中央公園附近繞了一圈。我看到鄰居的太太早上跟她先生說再見的時候，她對她的先生說：「親愛的！不要工作太累喔！我愛妳！」哇！真的是，好直接了當！好不一樣的期待！這跟我們在台灣時所說的有很大的差別。通常我們的父母會對我們說：「要努力工作喔！不可以偷懶！」而「我愛你」是從來不會掛在嘴上的，既使，我們是如此的愛我們的父母和家人。

　　有一次我看到警察在紐約市的街道上騎了一匹好高、好大的馬，那匹馬的高度比我還高。警察是怎麼騎上這麼高的馬？還可以坐在上面真的非常有趣。要騎馬的警察踩到另一位警察的大腿上。之後被用力往上推，那位騎馬的警察便一躍而上。他們的動作既迅速又敏捷，看來是訓練有素、常常練習。

　　警察們騎著高大的駿馬，奔馳在一大群抗議者的前、後、左、右以維持秩序，確認不會發生任何事故。還好這些抗議者並沒有任何越軌的行為，只是口中念念有詞，沒有造成任何事端。

　　那年聖誕節期間，我和同學一起到洛克菲勒中心去看別人溜冰，我們想要找一個地方停車。但是；我們試了好幾條街都沒辦法找到一個停車的位置。有人告訴我們說那天洛克菲勒中心有重要的會議。

　　我們察覺到，在洛克菲勒中心附近的所有街道上都停滿了高級大轎車。車子的顏色有黑色、白色、粉紅色、海軍藍色、天藍色、天然色、紫色、很多的顏色。有些大轎車是八個門、有的是十個門，有的是十二個門的，也有十四個門的。

　　這些轎車的司機們都穿了大西裝，戴了大禮高帽，有些司機們坐在車子裡安靜、耐心的等候。有些司機們在一起聊天、一起消磨時間。我從來沒見過在這麼多條街上擠滿了這麼多大禮車。並且；這麼多人正正、式式的穿上大禮服、戴上大禮帽。哇！這真的是大開我的眼界。

　　我真的是鄉下土包子進城，每件事對我來說都是這麼新鮮、有趣！難怪中國有句諺語說：「行萬里路勝過讀萬卷書！」

49
我的守護神

　　1987年，我到達紐約的第二個禮拜麗麗打電話給我，他問我：「這幾天過得怎麼樣啊！」我告訴麗麗說：「很好啊！我過得很好！」麗麗對我說：「你等一等，媽媽要跟你說話，」

　　「青青！青青！你好嗎？」媽媽問我。

　　「媽，我很好！不要擔心！媽！現在不是你們晚上睡覺的時間嗎？怎麼還不睡呢？」我問媽媽。

　　「我睡不著，你那裡錢夠用嗎？」媽媽說話的聲音好像有點鼻塞，有濃濃的鼻音。

　　「媽！我到這邊才兩個禮拜，學校還沒開學，還沒有機會花錢呢！」我回答。

　　「我沒有給你錢，你怎麼會有錢呢？」媽媽問我。

　　「媽！不要擔心，我存了一點錢，加上解了一個保險的約；所以有一些錢。如果我真的需要錢我會讓你知道，這樣可以嗎？」我對媽媽說。

　　「好！很好！如果你需要任何幫助一定要讓我知道！」媽媽對我說。

「媽!不要擔心好不好!不要擔心!」我安慰媽媽。

麗麗接下來跟我說:「媽媽在哭,她很想你!非常擔心你!怕你需要幫助,但是不告訴我們,他擔心你錢不夠用。媽媽說他知道缺錢的日子是多麼的難過,又說有錢就是膽。所以;媽媽要我多多少少電滙一點錢給你,給你壯膽!」

我對麗麗說:「媽媽有這麼多孩子,我以為只是我不在台灣應該不會有什麼問題。我不知道媽媽會這麼想念、擔心我,並且為了沒有給我錢還這麼難過!」麗麗說:「你不是一個媽媽,不瞭解當媽媽的心情和想法,特別是當他的孩子跑得這麼遠不在身邊。做媽媽的擔心他的每個孩子!」我對麗麗說:「請告訴媽媽,有時間我會回來看你們的!」媽媽總是讓我們感覺他是個不倒翁,永遠打不倒!小時候在我們最困難的時候;日子幾乎過不下去了,媽媽還是強忍著!很少看他掉眼淚。這是第二次知道媽媽掉眼淚。第一次媽媽掉眼淚時是我們在小的時候媽媽沒有錢給我們買菜做飯。

我對自己說:「我要好好的念書!將來要有一個快樂的人生!」這樣爸爸、媽媽才不會擔心我!也發誓,有一天我能夠賺足夠的錢帶爸爸、媽媽到世界各地去旅行。然後,要和他們住在一起,這樣才可以回報這麼多年來爸爸、媽媽對我們所做的奉獻和犧牲。

50
探親

台灣政府開放、允許台灣人拜訪他們在大陸的親戚、朋友們。1988年，爸爸和媽媽很興奮、期待的趕上了大陸探親的列車，帶了大包、小包的禮物回到他們日夜思念的家鄉湖南、長沙去看他們久未謀面的親戚及朋友們。

回想起多年前，大姊曾經好幾次告訴我們說廣欽老和尚對他的婆婆所說的話：「當時候到了的那一天；台灣人會高高、興興的帶著禮物回大陸探親！」這到底是一個巧合呢？還是廣欽老和尚真的可以預知未來？

誰也沒想到，原本只是暫時的分別，這個暫時的分別確花了將近四十年才再度重逢、見面。

我打電話回家，爸爸接的電話。

我問他：「爸！你們大陸之行一切愉快吧！」爸爸說：「你媽媽生病了！」

「病了？怎麼了？」我問。

爸爸說：「我們兩個都病了，我現在覺得好多了，你媽媽仍然覺得不是很舒服。我們對於當地的天氣已經不太

能適應了！一、二月的天氣真的是太冷了！」

「原來是這樣啊！」我回答。

我對爸爸說：「爸！我們在大陸的親戚、朋友們現在都怎麼樣了？他們都還好吧！能見到他們你很高興呵！」

爸爸說：「唉！是！也不是！可說是景色依舊！人事全非呀！很多我的朋友不知去那兒了，還有你的祖父母也早就離開了人世！因為，當時的艱難處境所造成的！」

我追著問：「什麼是當時的艱難處境所造成的？」

爸爸說：「可能是共產黨主張窮人翻身，他們鬥爭有錢人，而你的祖父、母是地主。他們是有錢人……」

我對爸爸說：「是不是發生在文化大革命的時候，是不是像電影所描述的那樣？他們把有錢人趕離他們的家，沒收他們的房子，掃地出門！甚至在他們的背上貼標語。鬥爭有錢人。認為有錢人是吸血蟲，對這些有錢人吐口水，向他們丟石頭。他們用盡方法來侮辱和修理這些有錢人，甚至把他們關起來。他們是不是這樣對祖父母？」我問爸爸。

爸爸說：「我問了我們的親戚、朋友們到底發生了什麼事？他們都不願意多談。我大概可以猜出是怎麼回事！大概就是你祖父、母是地主的關係！那個時候正碰到文化大革命吧！我們的親戚、朋友們都只是淡淡的說算了吧！別再問了！讓它過去吧！」

　　爸爸說當年媽媽到貴州、桐子去找爸爸的時候給了祖父寫給爸爸的一封信，信裡面提到：「我們從來不傷害任何人，是老實的生意人。毛澤東雖然是共產黨員。但是，他是土生土長的湖南人，我們也是土生土長的湖南人。我不認為毛澤東會對我們怎麼樣。不要擔心我們！我們不會有麻煩的！我和你媽媽年紀漸漸大了，你是我們唯一的兒子！我們好久沒有見到你了，很想念你！不論外面的世界有多美好，家裡永遠是最好的！等這件事平靜之後趕快回家吧！」爸爸充滿感傷以及無奈的說：「我沒有想到那封信竟然是你祖父給我的最後一封信！」爸爸繼續說：「我們現在知道你祖父母過世的時候走得很辛苦！他們沒收了你祖父母的所有家產，把你祖父母關起來，不讓任何人探望，並且把他們的家產分給了五、六十戶人家！」

　　這是我這輩子第一次聽到有錢人沒有從他們的錢財中獲得任何利益。反而；因為他們的財富受到懲罰！折磨！這麼多年來我們在台灣辛苦的工作不就是為了要多賺一點錢？有了錢我們才能夠過一個比較好的生活！這麼多年來我們生活在艱苦環境之中就是因為我們沒有錢！然而；祖父母卻因為有錢而被折磨，甚至失去了他們的生命！看來！我們若不是「生不逢時」就是「生錯了地方！」爸爸返鄉想找族譜他問了很多親戚、朋友們，聽說很多東西都

被燒掉了。爸爸沒有找到族譜而感到好失望！

　　胡媽媽和胡伯伯他們也回大陸探了親。他們是爸爸的麻將牌友和登山的朋友。胡伯伯在大陸的時候有一個太太，也有一個兒子。這麼多年來胡伯伯在台灣定居下來，之後又結了婚。這次胡伯伯拜訪了大陸，才知道原來他在大陸的太太獨立撫養兒子多年，生活艱苦！他為了這麼多年來沒有辦法照顧在大陸的太太和兒子感到內疚，也很悲傷！想常常回大陸去；給他大陸的孩子及太太經濟上的支援。然而；台灣的胡媽媽不諒解！胡伯伯陷入兩難，過於焦慮及悲傷臥病在床已經好幾個月了！

　　爸爸說：「我跟胡媽媽聊過好幾次！我跟她說：『妳在爭什麼嘛！已經快70歲的人了，什麼都有了！什麼都不缺！為什麼不能讓胡先生為他第一個太太做些事呢？如果你是第一任太太妳認為胡先生應該怎麼做？再說，這件事情的發生也不是胡先生的錯！』很多我們一起登山的朋友也勸胡媽媽，要他不要這麼執著！但是；胡媽媽還是一意孤行！」

　　胡伯伯他沒有好起來，他在病床上躺了一年之後過世了！

　　周伯伯和周媽媽他們回到了他們湖南、湘潭鄉下的老家去探親！在周伯伯、周媽媽他們探親之前，他們請了親

戚到處打聽；看看他們能為家鄉做些什麼事？他們知道學校裡缺教室課桌椅。當周伯伯、周媽媽一回到家鄉就立刻捐錢給學校買新的課桌椅。

媽媽說周媽媽告訴他，很多人不諒解的問周媽媽：「為什麼做這樣的事情？你又不是有錢人，為什麼要捐錢給別人？不自己花？你是傻子嗎？」

周媽媽告訴媽媽說：「這些人不瞭解；不論我們是窮？是富？我們都需要培養我們的同情心和愛心！去幫助他人！特別是現在家鄉正需要我們伸出援手！」

周媽媽和周伯伯他們不是有錢人卻願意付出他們的愛心、關心和金錢。他們的愛真是很偉大、令人敬佩！

台灣和中國大陸分別將近四十年。終於大家可以久別重逢。人生有幾個四十年可以等？又有多少人幸運的等到了這一天呢？

雖然故鄉容顏未改！然而，那裡可以重拾他們昔日的歡樂？那裡可以找回他們的知己、老友？

隔壁的年輕男孩仿佛在幾年前才離家，而今他們返家時，卻已經是雞皮鶴髮、白髮蒼蒼、齒牙動搖的老人。不禁讓我想起了唐朝的一首詩：

少小離家老大回，鄉音無改鬢毛衰，
兒童相見不相識，笑問客從何處來。

　　他們空手離開中國的故鄉，現在回來了！帶著他們的
家人、孩子和孫子們一起回來了！真是可喜、可賀啊！

51
不經一事不長一智

1989年的夏天我回到了台北。媽媽做了滿桌子的飯、菜歡迎我回家。就像是每年過新年的時候我們有一大堆豐盛的食物可以吃。那天晚上爸爸、媽媽還有弟弟、姊妹們幾乎都到齊了。我們共進晚餐。我們聊了很多很多。能回到家感覺好幸福、快樂！

大姊對我說：「媽媽為了你回來已經進出菜場很多次了。為了今天的晚餐在好幾天前就已經開始忙著準備了。我建議媽媽說我們可以出去吃，不要這麼累！但是；媽媽堅持一定要煮一些你平常喜歡吃的菜給你吃！」看著媽媽我感到愧疚和感激之外，我對媽媽說：

「媽，你真的不應該搞得這麼忙！」

媽媽看著我說：「我想你很久沒吃這些你愛吃的菜了，所以；一定要弄些給你吃！」我對媽媽說：「不要搞得這麼累啦！下次我們一起做！」

媽媽說：「好！好！下次我們一起煮飯菜，沒問題！」媽媽一面說，一面夾菜給我。我的碗填滿了飯菜！

媽媽說：「今天飯桌上有海帶煮小排骨湯，梅乾扣肉

這道菜我蒸了好幾次，已經蒸的很爛，味道燒透了！吃起來很好吃，趕快來吃一點！」

「有！有！我剛剛已經吃了兩片，好嫩喔！我不應該再吃，會吃太多了！」我對媽媽說。

「沒關係！喜歡吃多少，想吃多少就吃多少吧！」媽媽對我說。

「這次回來可以待多久啊？你喜歡住美國？」媽媽問。

「大概兩個月吧！暑假過完就回美國。告訴你實話，我不知道我喜不喜歡美國，我覺得我不屬於美國也不覺得屬於台灣，」我說。

「不過，如果你住台灣的話至少我們都在這裡，大家可以互相照顧，不是嗎？」媽媽對我說。

幾天之後，媽媽拿了一疊鈔票$120,000塞在我的手裡；並且對我說：「這些錢是你的，你可以去買一些金子把它存起來。黃金很少下跌只會上漲。你可以買了當投資。如果需要用錢的時候就可以把它賣掉換成現金來用；買黃金是一個很好的投資。

你三姊幾年前把一些錢存在一家公司，他們給的利息比銀行的高出很多，可能有3到4倍吧！你三姊應該會跟你談這件事。利息高的，風險也很高。你姊姊本金已經全部

拿回來了；現在每個月拿利息，他已經沒有風險了。而你的情況不同，你才剛開始會冒滿大的風險。這家是私人公司把錢放在這家公司有點像賭博。有可能賭輸，也有可能賭贏，就要看你的運氣了！或者放在銀行生利息。雖然利息不高，但是本金是不會丟掉的。」

媽媽繼續說：「不要擔心這些錢。我有多餘的才會給你。這些錢是你的了，我把決定權留給你。你來決定要怎麼使用這些錢！」

和三姊談過話之後，我決定把錢全部放在三姊投資的同一家公司裡生利息。

一個月平安度過了！我的錢才放進這家投資公司大約在一個半月的時間；就聽說這家公司的老闆捲款潛逃到國外去了。

電視新聞和報紙都在報導這條有關的新聞。有一個投資者，他退休了之後，把所有的退休金放在這家公司裡投資。他就靠著每個月賺取利息過日子，現在本金和利息都沒了。他在絕望之際從高樓跳了下來。另一個男子把他的房子拿去抵押，向銀行借錢；把錢放在這家公司生利息。他的本金沒有了，房子沒有了，連住的地方都沒有了。他一時想不開，一氣之下服毒。很多投資者都血本無歸！

「不經一事不長一智，我們每天都在學習，每天都在繳學費。我們貪別人的一點利息，別人卻要我們的本金啊！還好，我們還輸得起！對我們不會有太大的影響。不要擔心！我們運氣還算好。丟掉的錢再努力一點就可以把它賺回來！」媽媽對我說。

想來媽媽一定存了很久才能夠存到這筆錢，而我確在不到兩個月的時間內把它全部弄丟了！

我哭了好幾個晚上，從心底裡感激媽媽對我所做的一切。他想要幫我！我對自己承諾：「我一定要做一些事情讓爸、媽他們快樂，給他們爭面子；絕對不做任何事情讓他們失望、難過！」

我決定暫時留下來陪伴他們，讓他們高興！我也要找一份工作。這樣才可以趕快賺錢，把媽媽給我的那些錢還給她。雖然媽媽說他不要我還這筆錢。但是；這筆錢是在我手上丟掉的，我做了錯誤的決定就應該要負責！

52
團聚

1989年，暑假結束前我在台北的一家貿易公司找到了工作。所有的姊妹們及弟弟都已各自成家在外居住。爸爸、媽媽很高興我又回到台北的家和他們同住。

「太好了！我看你在台北找個合適的對象就在這定下來吧！不要再到處東奔西跑了。你結了婚有個伴，我們也不會這麼擔心你。如果你在台灣定下來的話，我們想你的時候就不必飄洋過海跑那麼遠去看你！」媽媽說。

爸爸、媽媽陸續幫我安排了他們朋友的兒子見面，這兩個對象都有正當的工作、有房子，都到了結婚年齡。為了讓爸爸、媽媽高興，我和他們都出去了一、二次。我無法想像和他們結婚之後的日子是怎麼樣？我知道他們都是好孩子。但是；我對他們一點感覺都沒有，難道年紀到了就一定要結婚嗎？為了結婚而結婚？那種感覺很奇怪。我想我還沒有做好結婚的準備。我告訴爸爸、媽媽我的想法，他們並沒有強迫我繼續跟他們約會。

　　每天晚上在我下班回家前，爸、媽就已經把飯菜準備好在桌上等我回家吃晚飯。然後，我們三人一起共進晚餐！晚餐之後我們一起看電視、聊天。有時候我在處理事情上有問題時，我請教爸爸、媽媽請他們指引方向或給我些意見。

　　爸、媽說：「天下事不如意十有八九，要能屈能伸，要忍人所不能，成功機會才大！」

　　又說：「吃虧就是佔便宜，不要擔心吃虧，若有人佔我們半斤的便宜，他們終歸要還我們八兩的！」又說：「一種米，養百樣人，多一個朋友比多一個敵人好，我們在台灣這麼多年來不是靠朋友幫忙，我們怎麼走過來的？」

　　在周末，大部分的姊妹們會回家來聚聚，共進午餐或晚餐。一起登山、郊遊或者陪爸爸打麻將。爸爸非常的神勇，常常贏錢。我們總是誇獎他「薑還是老的辣」。爸爸聽了很高興。然而，多多少少爸爸也有手氣背的時候，那時我會故意跳過吃牌、碰牌的機會，想讓爸爸贏錢。大家都玩得非常開心。

　　有一次我問媽媽：「為什麼要生這麼多孩子，而那時候我們是那麼的貧窮？」媽媽說：「我有了孩子不生？我能怎麼辦呢？佛教徒是不能殺生的呀！所以；只要有了孩

子就生，沒有別的辦法呀！」

爸爸、媽媽喜歡運動。每天早上跟朋友一起登山或者運動。一運動就是兩、三個小時。媽媽有時候會打網球。每隔一天的晚上會上英文會話課。媽媽上英文課上得非常的認真。每天媽媽下課回到家裡，就立刻練習當天晚上在課堂上所學的英文單字。

「BlueSky，BlueSky，BlueSky，我這樣發音正確嗎？」媽媽問我。

「媽，你在說英文字藍天嗎？」我問媽媽。

「是的！是藍天」媽媽說。

「媽，你發音的很清楚，很正確哦！但是，你為什麼要學英文呢？去那裡我們都跟著你。要出國旅遊我們會帶你去，你不需要自己學英文呀！你都70多歲了，不是嗎？」我說。

「學無止境！活到老學到老！況且，你們也不可能一直陪著我，如果我可以學些東西總比什麼都不學的好吧！」媽媽說。

爸爸、媽媽在家閒著慌時，而爸爸除了看電視之外什麼都不想做，媽媽有點擔心爸爸，認為爸爸應該做一點腦力激盪的運動。所以；常常主動幫爸爸約牌腳；一起打麻將。在打牌之前就先約好一餐是2,000或是3,000。先講好了才上桌打牌，這樣的話即使輸了也不會輸的太離譜！

有時候我認為爸爸、媽媽需要稍微休息一下，不要天天做飯，太累了！我帶著爸爸、媽媽出去吃飯，看他們想吃什麼，我請客！

偶而，姊妹們有空的便和我們一起吃中飯、晚飯。我們吃廣東菜、上海菜、川菜、湘菜、山東麵館、台灣菜、潮州菜、韓國菜、日本菜、泰國菜或越南菜。爸、媽還是最忠愛吃湘、川菜。

我們享受美食也很珍惜相聚的每一刻！

那段時間，爸爸、媽媽身體健康！不擔心金錢！不愁吃！不愁穿！每天都很快樂。那段時間也是我和爸、媽在人生當中一起渡過的最快樂、最無憂無慮的一段美好時光！

53
空手來，空手離去！

1996年的一個周末，像平常一樣我們姊妹們、弟弟和他們的孩子們都回家來看爸、媽。大家團聚在一起。

玲玲問媽媽說：「媽，你知道嗎？前兩天我大嫂他打電話來跟我說；現在願意把我婆婆接去跟他們住吧！媽！你知不知道為什麼我大嫂突然間有這樣180度的轉變？」媽媽說：「阿美是你們黃家的大嫂，有可能覺得不好意思，或是突然想通了吧！你和你二嫂照顧你婆婆這麼多年了，現在該輪到阿美要盡點力了吧！」

「是這個原因嗎？你確定嗎？」玲玲問媽媽。

「我不確定是不是這樣，不過！你照顧你婆婆這麼多年了，現在有機會喘一口氣，休息一下不是很好嗎？」媽媽說。

「媽，我認為一定有什麼事情使阿美有這麼大的轉變！」玲玲說。

「他們黃家的其他嫂嫂及兄、弟們都怎麼說呢？」媽媽問。

「下個禮拜天我們會聚在一起開會，討論這件事情。」玲玲說。

一個月過去了，當我們又在爸、媽家見到玲玲時，玲玲對我們說阿美在會議上提到現在是他應該照顧我婆婆的時候了。

阿美說：「由我和你大哥來照顧媽媽，從此以後你們都不用擔心她。所有媽媽的事情我們一手承擔。你們就都不用管了！」我們全體一致同意，我的婆婆給大哥和阿美他們來照顧了。當著大家的面，我把我婆婆的銀行存摺交給了阿美，有一百萬元現金還有一些首飾。

「這樣也好，玲玲現在你可就樂得清閒了，看看自己想要做什麼事，現在就有空做了！」媽媽說。

「是啊！看看吧！也許能找個工作，我跟我婆婆說有空我們會去看他的，他聽了滿高興的！」玲玲說。

大約半年之後的一個晚上。玲玲和黃哥哥來到我們家，他們剛剛從她婆婆那邊回來。

玲玲對我們說：「我婆婆現在看起來真是骨瘦如柴。每次我們去看她時她都跟我們說，她好餓喔！今天也不例外！我們就趕快把帶去的包子還有蔥油餅給她吃！她才吃完就告訴我們下次再帶一些吃的給她！」玲玲繼續說：

「我們問我婆婆你怎麼不吃晚飯呢？不喜歡阿美煮的飯菜？我婆婆說阿美今天沒煮飯。後來，我們問阿美我婆婆這幾天還好吧？阿美說我婆婆很適應，說我們去之前我婆婆才吃飽的！」

玲玲繼續說：「我覺得有點奇怪，一個80多歲的老人家，神智清楚，沒生病。如果吃了飯為什麼還可以吃的下兩個大包子和一張蔥油餅呢？我婆婆真的瘦了好多！」

大概不到一年的光景，有一天玲玲告訴我們說阿美開了一個家庭會議。阿美不要再照顧他們的婆婆了。因為，阿美照顧他婆婆照顧得精疲力竭！開完會之後，大家都同意讓他們黃家的二嫂繼續照顧他們的婆婆，讓大嫂可以休息一下。當二嫂接過她婆婆的存摺時，發現裡面的所有現金都沒有了。

玲玲說：「我有個疑問，我婆婆沒生病，也沒有住院！這個錢到底是怎麼花的呢？阿美解釋說她用那些錢給我婆婆買了她喜歡吃的，還有一些她喜歡的東西。錢都花在我婆婆身上了！」

「黃家的哥哥、嫂嫂們都在說他大嫂花了這麼多錢到底是買了什麼花在一個80歲老人家的身上？他們都很懷疑這件事。但是，也不願意為了這100萬元翻臉！」

「那黃家大哥怎麼說呢？」媽媽問。

「黃家人都知道他大嫂說什麼，他大哥從來不敢有任何意見的！」玲玲說。

「唉！抬頭三尺有神明呀！善、惡終有報！因果報應絲毫不爽！那件事先成熟了就先受報！我們種什麼就得什麼！」媽媽嘆了一口氣說。

過了一陣子，聽說黃大哥、大嫂買了新房子；很快地他們要遷往新居！

又是一個風和日麗的假期。弟弟和姊妹們以及他們的孩子們都回來看爸爸、媽媽。大家坐在客廳看電視、聊天。

電話響了！玲玲的電話。黃哥哥帶來了天大的消息。

黃哥哥說：「阿美走了！過世了！」她在新居打掃房子之後，覺得有些累，就在新家的客廳裡小睡片刻！沒想到阿美睡了之後就沒有再起來！當黃大哥要叫醒阿美時，才發現阿美早已離開了人世。

阿美和黃大哥他們原先是準備在打掃新房子之後的第二天，在新居宴客。要辦桌請大家吃酒席，慶祝搬入新居。然而，怎麼都沒有想到阿美確在宴客的前一天走了！

阿美沒有在他們的新居住過一個晚上！

54
不速之客

在一個夏天的周末！我們姊妹及弟弟大家都坐在爸爸、媽媽家的客廳裡。我們剛剛吃完中飯，電鈴響了！會是誰呀？我們都在猜。非常意外的是李軍，我們以前的鄰居李軍。這是我們從台中搬到台北之後，這麼多年來第一次見到李軍。

「是什麼把你帶到我們家來的？」玲玲姊問李軍。

「是颱風把我吹來的！」李軍半開玩笑的說。

李軍理了一個大概一吋長的小平頭，在這麼大的熱天裡他身上穿著一套西裝，白色襯衫還打了領帶。他打扮得整齊、說起話來非常有趣、有禮！手上拿了兩籃水果進了我們家門。

李軍說：「孫媽媽，你好嗎？希望你喜歡這兩籃水果。」然後，他對我們說：「孫家姊妹們，你們都好嗎？」媽媽也很客氣地對李軍說：「謝謝你！從那麼老遠的跑來看我們，我很好！我們一切都很好，和往常一樣，只是孫媽媽老了很多！你爸爸、媽媽都還好吧？他們都還住在原來的地方嗎？」

李軍說：「我爸爸、媽媽都很好！他們現在跟我住！」媽媽說：「這樣好啊！你爸爸、媽媽好福氣！有你這個兒子可以照顧他們！」李軍說：「我哥哥、弟弟及妹妹都已經結婚了，我的哥哥他曾經是個好學生，讓我們家人、我的父母感到非常的光榮。他是我父母的最愛，他要什麼我爸爸總是會買給他。

我爸爸借了錢讓他到國外去念書。他現在住在美國，已經在大學當教授了。」

「你們有沒有到美國去拜訪你哥哥？」玲玲姊問。

「沒有！從來沒有！我爸爸、媽媽一直夢想著有一天可以跟我哥哥住！」李軍說。

「夢想著？為什麼？」玲玲姊問。

「幾年前，當我哥哥說他買了房子，那時；我爸、媽就好高興以為我哥哥會邀請他們去美國住。但是，我哥哥從來沒有提這件事。在過去的二十年來我哥哥寫給我們幾次信之外，我們沒有其他往來。也不清楚他到底在想什麼。我想我們已經成了陌生人。」李軍說。

「還好！很幸運的！你媽媽、爸爸還有你這個兒子！」媽媽嘆了口氣說。

「幾年前我察覺到我爸爸、媽媽年紀漸漸大了。我跟他們說，只要他們願意跟我住我會照顧他們的。」李軍說。

　　媽媽說：「你的爸爸、媽媽很幸運，有你照顧！你也很幸運，你爸、媽跟你住在一起。他們也可以照顧你和你的孩子們。你們住在一起互相幫助、互相照顧對大家都好！」

　　「孫媽媽，我只是盡力去做啦！我爸爸對我說，他從來沒想到他老了的時候會是我願意照顧他！」李軍說。

　　「孫媽媽，我小的時候有問題你幫助我。我真的非常感激！現在如果你有什麼事需要幫忙請讓我知道，我一定會幫你！我是說真的。」李軍一面說一面拍著他的胸脯。

　　媽媽說：「唉！這都是緣分啊，有緣才會聚在一起！」

　　那天我們也談到了強強，朱伯伯的兒子。他從三軍大學畢業後當了少將。雲姊說去年大姊、三姊和他去參加了強強的葬禮。

　　「怎麼回事？強強這麼年輕！」我問。

　　大姊說：「強強出了車禍走的。唉！他那麼年輕、有為、聰明又有禮。他是個將官，前途似錦！就這樣走了，好可憐！好可惜啊！」

　　弟弟說：「我在高雄念書的時候，強強已經是上校了。他有時候請我吃飯問我在學校的情況？有一次我告訴強強，有周休二日的時候，周六下課後我衝進火車站。火

車站裡已經大排長龍。然後，我要等至少兩到三個小時才可以買到車票。好不容易買到了車票卻又是站票。我就一路從高雄一直站到台北；一站就是五、六個小時。從那次和強強交談之後，如果有連續兩、三天的假期或周末，強強總是事先幫我買好票。我不再需要等兩、三個小時買票，也不必站五、六個小時回台北了！他真的是幫了我很大的忙。我非常感謝他！」

我們都非常感謝強強，也為強強的英年早逝而感到惋惜！

55
夕陽無限好，只是近黃昏

結婚幾年後的我，在2004年的春天回到了台北。

媽媽仍舊每天去菜場買菜。如果我在家就跟媽媽一起去菜場！媽媽帶著一個拐杖去買菜。我們買完了菜，媽媽把這些裝了菜的塑膠袋掛在他的拐杖上，然後；把拐杖放在肩膀上一路背回家。我請媽媽給我提一些，她象徵性的給了我幾袋輕的。

我跟媽媽說：「這樣背太重了！」

媽媽堅持的說：「沒問題的，我每天都是這樣把菜背回家的！」

我跟媽媽說：「媽！拜託你！請不要背這麼重的東西好不好？你的膝蓋已經有些彎曲，太重了！這樣不安全！」我看得出媽媽的膝蓋漸漸彎曲，越來越像O字型了！

「別擔心！別擔心！沒問題的！」媽媽說。

媽媽很喜歡旅行，如果他知道誰出國旅遊回來之

後，媽媽會以一個非常羨慕的口吻說：「他們真是好福氣呀！」我們鼓勵媽媽和爸爸一起出國旅遊。姊妹們招待爸爸、媽媽出國旅遊了兩次之後，爸、媽他們覺得花費太多。

他們說：「我們每個人賺錢都賺得很辛苦，應該要省著點用。要旅行的話過一陣子再說吧！再過一陣子！等我們存夠了錢，自己花錢去旅行就不用你們的錢！」爸爸、媽媽一輩子省吃儉用慣了，不捨得花錢！他們已經有了一些儲蓄，在經濟上是允許他們出國旅遊的。但是，他們總是說：「等再多存一些錢，存夠了我們就可以去旅行！」

有時候我問媽媽：「多少是夠呢？」媽媽不能夠給我一個實際的數字。當爸爸、媽媽認為他們的錢存夠了、可以旅行的時候，媽媽的身體狀況已經不適合旅行了！

2005年，我再次回到台灣，媽媽的O型腿更加嚴重了。它需要動手術才能夠矯正過來！

媽媽說他問過醫生了。醫生說他有心臟病，年紀也大了是有滿大的風險！而爸爸、媽媽的朋友也都勸媽媽說：「你很快就要80歲了，何必去受這個罪？開什麼刀啊！原本可以多待幾年的，說不定一開刀馬上就走了！」也因為這樣媽媽就沒有堅持開刀。

媽媽的膝蓋疼痛、彎曲日益嚴重！她每天早上做兩個

小時的戶外活動已經慢慢地減少了。她常常坐在家裡的前面陽台上對著樓下看；看著來往行人的活動。

媽媽的運動量減少，她的體重增加了。體重增加造成她的膝蓋承受更大的壓力，如此一來她的膝蓋就更加彎曲了！

2007年的寒冷冬天，大姊打電話給我說：「媽媽躺在床上不能動，她中風了！」我立刻從美國趕回台北，每天晚上我在睡覺之前希望明天醒來時，媽媽的中風只是一個惡夢！

每天早上我祈求阿彌陀佛、眾佛菩薩保佑媽媽，讓媽媽趕快從中風中恢復健康。我祈求奇蹟出現！媽媽為了我們這個家犧牲、奉獻，她還沒有享受美好人生。佛菩薩要保佑媽媽，不要讓媽媽在這個時候離開我們。

幾年前，我結婚不久。我們有穩定的收入，想邀請媽媽和爸爸來美國跟我們住一陣子。這件事我和媽媽討論了好幾次。每次談到邀請他們來美國住時媽媽都談得很興奮，他們也同意要來跟我們住一陣子。

媽媽說：「好啊！你們那邊院子大、空地大，我們可以來做臘八豆、曬辣蘿蔔乾、做煙燻豆乾、梅乾菜等等。」

我說：「媽，你不要把自己搞得這麼忙！我們吃的又不多；我們可以買現成的食物回來煮就好了。」

媽媽說：「我們多做一點也許可以把它拿去賣呀！然後，賣的錢我可以給你一些啊！這樣的話，住你們家就不會給你帶來困擾和負擔！」又過了一陣子，我跟媽媽講電話的時候，媽媽說：「我想我們還是不要去你們那裡比較好！」

我問媽媽：「為什麼？我以為我們已經講好了！你們要來，想住多久，就住多久！」

媽媽說：「我看美國的電視影集都是說，美國女婿跟他們的岳母是處不來的！這樣子的話會造成你的困擾。我們還是不要去比較好！你常常回來看我們也是一樣的！」媽媽總是想得比我們多，總是為我們著想！

「媽，你的風濕、關節痛現在怎麼樣了？有沒有好一點？如果你跟我們住的話，你的關節痛可能會好一點喔！我們房子裡都有開空氣調節，溫度差別不會很大，你的身體會覺得比較舒服！」我跟媽媽說。

「唉！我這關節痛已經跟了我這麼多年了，我早已經習慣了，不用擔心！」媽媽說。

當我遇到困難、問題或需要意見的時候，媽媽總是我第一個求助的人。

媽媽中風兩個月後過世了！我不能接受這個事實。每天早晨我念佛、拜佛的時候我問菩薩我計劃再過兩、三年，在經濟上、在時間上比較寬裕，就可以常常回台灣陪

爸爸、媽媽。帶他們去旅遊和他們做一些他們喜歡做的事，來補償這麼多年來他們犧牲、奉獻、艱苦養育我們。

為什麼我的計劃趕不上變化？為什麼不能給我們多兩、三年的時間和媽媽多聚聚呢？我們失去了這個回報母恩的機會了。這是懲罰我們？還是懲罰媽媽呢？

那天大姊、雲姊和我，我們一起去看爸爸。

「青青、青青，我怎麼辦？你媽媽走了！我該怎麼辦啊！」爸爸問我。

「爸爸你還是一樣住在這裡呀！我們隨時都會回來看你的！如果你願意，歡迎你來跟我們住啊！」我對爸爸說。

「好！我今年會去看你！」爸爸說。

「我會跟爸爸一起去拜訪你」雲姊說。

「好！我們就這樣設定了！」我說。

「爸爸今年才剛剛做完每年的身體檢查，醫生說爸爸一切都很正常。他吃得好！睡得好！每天早上都運動。」大姊說。

我和爸爸約好了九月，不是他來美國就是我回台北！

九月我沒有回台北，連續的幾個月我也沒有和爸爸聯絡。有一天，大姊打電話給我，她說：「媽媽過世之後，

爸爸越來越不愛說話了！在過去的兩個月當中爸爸完全不說話，也不願意吃飯。上個月因為肺炎爸爸住院了。他對照顧他的人說『帶我回家！我要回家！』這是這兩個月來爸爸第一次開口說話。」爸爸和媽媽一起生活了一輩子，他們有時候會吵架。然而，媽媽的過世造成了爸爸生活上失去了重心，甚至使爸爸對生命感到絕望。我決定回台北看爸爸。

2008年間，我返回台北看爸爸。

常常才張開眼睛大姊就問我：「今天早餐想吃什麼？中餐呢？晚餐又想吃什麼？」早晨大姊帶我去吃台灣式美味可口、物廉價美的早餐：米粉湯、燙青菜、炸豆腐、白切肉沾薑絲、粉腸等等。有時候三姊、玲玲、雲姊和麗妹也加入我們一起吃早餐。偶而我們吃燒餅、油條、喝豆漿、吃飯糰。

然後，我們又吃豐盛的午餐和晚餐。

台北真的有太多吃的選擇，各個省分的特色菜餚外，還有很多不同國家的食物，例如：法國菜、墨西哥菜、義大利菜、韓國菜、日本菜、印度菜、越南菜、泰國菜等等。姊妹們輪流請我吃飯以表達他們歡迎我回家。如果他們覺得我對那些食物感興趣的話，他們一定堅持要我嚐！結果我常常一天吃個四、五餐。我的肚子總是吃的飽飽

的，常常吃的很撐！

在返台北的前幾天，弟弟發現爸爸腸胃出血，因為爸爸的腸胃出血；大姊和弟弟把爸爸送到醫院。爸爸在幾個月裡已經進出醫院好幾次了！

那天，大姊、雲姊和我一起到醫院看爸爸。我們跟爸爸說話的時候爸爸向我們招招手，有時候他對著我們點點頭。可是；爸爸始終沒有開口說話。醫生說爸爸得了老人癡呆症。症狀時好時壞！爸爸不願意吃飯，所以，已經用餵食管餵了兩個月了。爸爸的體力非常弱，幾乎沒有辦法站起來！我們扶著爸爸站起來，然後把walker放在爸爸前面讓他起來走路。爸爸站起來走動，大概走了十呎便想要坐下來。我們讓爸爸坐在輪椅上。

「一個月前，爸爸大概走了二十呎，今天他只走了十呎」大姊說。爸爸的體力越來越弱，健康狀況看來是每況愈下了。

一張單人床放在醫院狹小病房裡，那是爸爸的床。我坐在床的一角，靠近、面向著坐在輪椅上的爸爸。

我對爸爸說：「爸爸，我是青青，我是青青。我回來看你了！我說九月要回來看你，我沒有回來。連電話都沒打給你！爸爸對不起！請不要生我的氣！那個時候你那麼

健康，我以為你一切都沒問題。才幾個月，你就一下子變成這樣了！爸，你怎麼不說話？」爸爸看著我。然後，把他的手放在我的手上面，還是沉默不語！

護士拿來了爸爸糖尿病的藥，放下藥之後便離去。我們請的一位越南太太照顧爸爸二十四小時的起居飲食。她迅速地把糖尿病的藥磨成粉灌入爸爸的餵食管，之後也灌入一罐爸爸的流質食物。

我繼續跟爸爸說：「爸！我真的非常感激你和媽媽，生活艱辛、排除萬難、支持、撫養、教育我們！那時，我們常常經濟上捉襟見肘、常常沒飯吃。你和媽媽四處借錢供我們念書，我們一家子有這麼多孩子你們都辦到了，真是不容易呀！你們吃盡了苦頭！如果沒有你們堅持要我們念書，我不知道今天會變成什麼樣？爸，你和媽媽已經盡力了，你是個了不起的爸爸。爸！謝謝你！謝謝！」大姊、雲姊和我一起在爸爸的病房裡。我和爸爸說了一陣子話之後，爸爸依然安靜的坐著不發一語。然而，爸爸的眼角充滿著淚水、泛著光。突然之間！爸爸對我說：「我想……我想……這次可能是我們最後一次見面了！」爸爸說完後，沒有再說什麼。整個房間沉靜了下來！

我雙手環繞爸爸的肩膀。我的頭靠著爸爸的頭，就在那個時候我的腦子浮現出……記得小學的時候，有一位老師告訴、教導我們她說：「父母在！不遠遊！我們要住在

父母附近，靠近他們，當他們需要任何幫助時，我們可以隨時伸出援手。隨時照顧他們！」

這是金玉良言啊！我卻把它當成了耳邊風！

我和姊姊們坐上了捷運。捷運車開得非常的快，像是時間穿過我們的指縫，快的抓不住也無法讓它慢下來。在回程的路上，我們望著遠方的天際，美麗的絢爛彩霞，美的難以形容。夕陽照在我們的臉上，一瞬間，變幻莫測！

所有的事情都發生的這麼快，甚至我們還沒注意到！就像第一次我出國回到家裡，我們全家人一起吃團圓飯那件事好像才發生不久。然而，猛然回頭，媽媽已經走了！而爸爸卻又病成這樣。不論我想要做什麼已經沒有辦法改變了。一切都太遲了！太遲了！

56
我們是受祝福的

　　自從眷村改建之後，大家的居住環境得到很大的改
善。

　　金媽媽家以及有些以前的鄰居我們都還有保持聯絡。

　　爸爸常常回大陸探親，他好幾次返鄉想找族譜都沒有
找到，而深感失望！幸運的是，幾年前爸爸在一個偶然的
機會參加台北宗親會時終於找到了族譜。

　　爸爸說那天將近有300族人參加聚會，有十幾個姓是從
我們這個性分之出去的。有些族人是知名人士。

　　大姊常常配合的一位客戶，他們遠在很多代以前從
福建移居台灣；也確認和我們同宗。哇！我們在台灣有親
戚！沒想到這麼多陌生人竟然和我們一樣；是從同一個地
方來的族人。突然之間我們有這麼多親戚。我覺得好幸福
呦！

　　爸爸說有些族人從南洋、歐洲、美洲、中南美洲來參
加聚會，真是四海之內皆兄弟、四海一家、世界一家。

　　小時候麗麗妹常常生病，我曾經跟麗麗妹說將來她一定要嫁個醫生或是自己當醫生，這樣才能夠省掉媽媽帶她看醫生的錢！麗麗妹很爭氣嫁了個醫生。我們姊妹們和弟弟都有一份正當的職業，有一個美滿的家庭。爸爸跟弟弟一家人住在一起。大部分的姊妹們都住爸爸家附近，他們一有空就隨時可以去看爸爸。

　　由於爸爸、媽媽的堅持、相信要努力工作才是唯一的出路，而他們的信念引導了我們每個家庭幸福和成功。

　　媽媽已經走了！現在大姊是我常常傾訴、討論問題的對象！

貧窮使我們家人變得更堅強，讓我們一起成長、茁壯！

爸爸、媽媽他們永遠在我的腦海裡。我常常提醒自己一定要做好事、說好話！不論我說什麼、做什麼？一定要讓爸爸、媽媽感到光榮，要努力工作。

台灣和中國政府已經停止交戰。不再互丟炸彈！不再是敵人！台灣和中國的關係已經漸漸改善了！雙方政府打開大門，歡迎經濟、教育、文化等等互相交流。人民之間的自由拜訪、往來越來越頻繁！大部分的台灣生意人已經把他們的辦公室或工廠從台灣搬到中國去經營生意了！

以前我們常常擔心台灣會變成戰場，而現在很多大陸人來台灣買房地產或者來做生意，台灣人也到大陸置產！

金門曾經是象徵著戰爭的地方。由於台灣及中國大陸政府的政策改變！金門已經成了一個歷史古蹟，成了很多中國及台灣觀光客旅遊的景點。每天都有很多中國觀光客到台灣、到金門觀光。也有很多人從國外搬回台灣定居。

國父孫中山先生創立了中華民國（R.O.C.），創立了國民黨，也創立了三民主義，民有、民治、民享，這些已經在台灣實行，（包括台灣、金門、馬祖和澎湖）。我們追隨國父孫中山先生的腳步。我們可以有自己的政治理

念，我們有旅行、集會、言論、出版、宗教等等的自由。

　　台灣以農立國，面積不大而且礦產資源不多。台灣的經濟從赤貧、接受美援、轉型到一個經濟快速成長的國家、資助者到海外投資者。1962年台灣的平均每人年收入大約是US$170.，而在2011年上升到US$20,030.。

　　1997年台灣被譽為亞洲四小龍之一：台灣、香港、韓國、新加坡。

　　目前台灣贏得很多世界第一產品頭銜。例如：主機板、監視器、晶圓代工、繪圖卡、網路卡、鍵盤、光碟片、滑鼠、PU、人造纖維絲織布、運動鞋、太陽眼鏡、西洋鼓、聖誕燈串、自行車、自行車鏈條、帽子、雨傘、桌椅、雨衣、電動小馬達、縫紉機、蝴蝶蘭、卡通動畫、煎烤器、吉他與義肢等等項目。

　　台灣的經濟成長奇蹟是由於台灣人的勤勞、受上蒼的祝福、保佑以及國際友人的幫助-國際友人紛紛來台投資促使台灣貿易蓬勃發展、經濟迅速成長！經濟的成長促使台灣人人有工作，台灣人才能夠生活在豐衣足食的環境，生活上才能得到顯著的改善。

　　感謝上蒼的祝福、大家的努力以及國際友人的援助！

國家圖書館出版品預行編目資料

撤退到台灣／青青著. --初版.--臺中市：白象文
化，2019.2
　　面；　公分.
ISBN 978-986-358-784-2（平裝）

857.7　　　　　　　　　　107023347

撤退到台灣

作　　　者　青青
校　　　對　青青
專案主編　林孟侃
出版編印　吳適意、林榮威、林孟侃、陳逸儒、黃麗穎
設計創意　張禮南、何佳諠
經銷推廣　李莉吟、莊博亞、劉育姍、李如玉
經紀企劃　張輝潭、洪怡欣、徐錦淳、黃姿虹
營運管理　林金郎、曾千熏
發 行 人　張輝潭
出版發行　白象文化事業有限公司
　　　　　412台中市大里區科技路1號8樓之2（台中軟體園區）
　　　　　出版專線：（04）2496-5995　　傳真：（04）2496-9901
　　　　　401台中市東區和平街228巷44號（經銷部）
　　　　　購書專線：（04）2220-8589　　傳真：（04）2220-8505
印　　　刷　基盛印刷工場
初版一刷　2019年2月
定　　　價　270元

白象文化　印書小舖 PressStore 出版發行　出版 · 經銷 · 宣傳 · 設計
www.ElephantWhite.com.tw　f 自費出版的領導者　購書 白象文化生活館